IV
"This is a common maid skill." The supermaid has got time to go on a journey by being falsely accused.
三上康明
Illustration
キンタ
メイドなら当然です。
濡れ衣を
着せられた
万能メイドさんは
旅に出ることに
しました

ニナの旅行記

わたしたちはユピテル帝国の首都サンダーガードにいます。
ここは「沈まぬ太陽の照らす都」と言われるほどの大都市で、
とっても広くて大きくて、歴史もあるすごい都市なのですが……
なんとこの国の頂点でいらっしゃる皇帝陛下が、
「賢人会議」でわたしの手を借りたいとおっしゃったのです。
「賢人会議」と言えば五賢人の皆様による、とてもとても大切な会議。
そして五賢人と言えばエルフのトゥイリード様をわたしは
存じ上げていましたが、他の方々には初めてお目に掛かりました。
皆様とても優れた才覚をお持ちでいらして、
メイドのわたしはとても驚いたのです。
「賢人会議」を成功に導くために、メイドにできることがあればと思い、
張り切ったのですが、わたしひとりの手では足りないところを、
パーティーの皆さんが手伝ってくださいました！
ティエンさんはいつもメイド仕事のフォローをしてくださいましたし、
アストリッドさんは五賢人の皆様も注目するほどの発明を披露されました
（「天才」とはアストリッドさんのためにある言葉なのでしょう）。
そして「賢人会議」の開催中に、首都で起きたテロ事件では
エミリさんの魔法が大活躍したのです。
わたしもちょっとがんばりすぎてしまって……最後は気を失ってしまいました。
メイドとしてまだまだだと痛感しております。
ただ、そのときに驚くべきことが起きたんです。
なんと、わたしのメイドの師匠であるヴァシリアーチ師匠が来たんです！
師匠はわたしにメモを残しました。「幽々夜国を知っているか？
そこでちょっとした厄介ごとがあり、
お前の力を借りたい」という内容でした。
未熟なわたしとは比べものにならないほどのスーパーメイドである師匠が、
「力を借りたい」とはどういうことなのでしょう？
エミリさんも、アストリッドさんも、ティエンさんも、
幽々夜国に向かってもいいとおっしゃってくださいました。
わたしたちは、「地底にある、夜の国」……
幽々夜国へと向かうことになったのです。

●これまでの旅程
「首都サンダーガード」に滞在。

c h a r a c t e r

エミリ

魔導士の少女。
いつまでも見習いレベルの魔法しか使えないため、
「永久ルーキー」とあだ名をつけられていたが、
ニナのおかげで『第5位階』の
魔法を使いこなす一流魔導士となる。

ニナ

冤罪により屋敷を追い出されたことをきっかけに、
旅をしているメイドの少女。
一見地味な女の子だが、
その実どんな仕事も完璧にこなすスーパーメイドさん。
「メイドなら当然です」が口癖。

ティエン

少数民族「月狼族」の少女。
働く街の食事が合わず、
常に空腹で力が出なかったが、
ニナが原因を解明したことで本来の力を取り戻し、
両親を捜すためにニナの旅に同行する。

アストリッド

女性発明家。
発明のための実験が上手くいかず
燻っていたが、
ニナのアドバイスにより
世界を変えるような大発明に成功する。

c o n t e n t s

プロローグ
商人ファースの旅立ち
011

第1章
生まれ変わる街と、再発見される謎と、導かれる縁と
027

第2章
小鳥をめぐるミステリー
093

第3章
旅は良いものだ、と賢人は言った
163

第4章
メイドがほんとうに必要とされるとき
238

エピローグ
そして次の国境は間近にあり
319

あとがき
326

プロローグ
商人ファースの旅立ち

楽しくて、楽しくて、楽しくて仕方がなかった――ウォルテル公国の首都の目抜き通りを、半ば走るように進んでいくのはひとりの若い男だった。

肩掛けにしているバッグからは丸めた用紙が何枚も飛びだしている。設計図か、あるいはなんらかの図面であるかは外からはわからなかったけれど、それでも男がジャケットに蝶ネクタイをした姿であることから、彼が商人であることは明らかだった。大工や機械技師、発明家ならばジャケットなんて着ないし、設計士であったとしても蝶ネクタイなんてしないからだ。商人は、いつ何時、お得意様――それも貴族のような――と会うかもわからないから、身なりはいつだってこぎれいにしている。

「～♪」

鼻歌だって出てしまうほどに男は楽しかった。

街にも活気があるからますます楽しい。このウォルテル公国を支える柱のひとつである、イズミ鉱山が崩落したというニュースが市民を混乱させたこともあったけれど、その1か月後には操業を再開している。おかげで首都には影響がなかった。

（復活の立役者が誰なのか、知っている人はいないでしょうけどね）

男――ファース＝ヴィクはイズミ鉱山でなにが起きたのかを知っている。実際にその場にいた人たちから聞いたからだ。

小さなメイドのニナと、元気いっぱいの魔導士エミリと、珍しい月狼族ティエン、それにすらりとした発明家アストリッドの4人が大活躍した。

アストリッドは最初こそファースに対して警戒心を抱いているようだったけれど、それもすこしは薄まったようだ。聡明な女性だと思った。そして自分と同じニオイがするとファースは思ったものだった。

ずばり、仕事が大好きなのである。

ニナも仕事が大好きだが、仕事そのものではなく「相手に喜んでもらう」ことが好きだ。その点、アストリッドは「仕事の内容」に面白みを感じている。新しくて、世の中にインパクトを与えることが楽しいと感じている――ファースと同じだった。

ファースは鼻歌を歌いながら、ヴィク商会ウォルテル公国首都総本店へとやってきた。4階建ての立派な建物で、この目抜き通りにあって、他の建物と並んでいてもまったく引けを取らない。従業員専用の裏口から入ると、帳簿が山と積まれている執務エリアにいた数人がファースに気がつく。

「あっ、ファースさん!?　今までどこに行ってたんですか！」

女性がひとり走ってきた。

「ん？　どこに、って？」

「ファースさんの決裁が必要な書類がこーんなにあるんですよ。首都から離れるときは事前に教えてくれる約束だったじゃないですか」

女性が指差したデスクには、10センチほどの書類の束があった。

「いえ、私は決裁はしませんよ？」

「……はい？」

「店長から聞いていませんか。私がこの店舗から離れると……」

「えええええええっ!?」

悲鳴のような声が漏れたが、ほんとうに知らなかったらしい。

（ふーむ……どうやら店長は「どうせすぐに帰ってくるだろう」とでも思っていたようですね……）

ファースが首を横に振っていると、

「じゃ、じゃあ、ファースさんは違う国の店舗に行かれるんですか……？」

「いえいえ、私はヴィク商会からも離れます」

「!?」

これはさすがに驚きだったのか、従業員たちは固まった。

「ご、ご冗談を……」

とそれだけを絞り出す。

ヴィク商会は大陸でも有数の大商会であり、ファースは創業一族である「ヴィク一家」のひとりである。そして、父が現在の商会長であるので次の商会長になるかもしれない「後継者レース」に出場しているひとりと目されていた。

だけれどファースは、とっくにヴィク商会を辞める決心がついていた。

ファースは、ニナのアイディアを元に、アストリッドが設計図を起こした「冷蔵魔道具」の量産に向けて新たに商会を立ち上げてもいた。商会の名前は「アス・ニナ商会」。本人たちがその名前を聞いたら絶対に嫌がるだろうけれど、つけてしまった者の勝ちである。

それほどまでにファースは新しい冷蔵魔道具に惚れ込んでいた。今までこの世界には建物に固定する巨大な冷蔵庫がほとんどだった。長距離輸送のための、馬車に載る冷蔵庫もあるにはあったのだけれど、重厚長大、とにかく大がかりで、牽《ひ》く馬の頭数も含めてすさまじく高額だった。そのため、鮮度の高い遠方の食材を楽しめるのは王侯貴族か富裕な商人に限られていた。

冷蔵庫は巨大で重いもの——。

そんな固定観念を打ち砕いたのがニナとアストリッドだった。

安く流通しているウェットランズフロッグの皮は、水を通さない。この皮と小さな冷蔵魔道具とを組み合わせるというのが今回の発明で、なにがすごいのかと言うと皮の「使い捨て」の発想だった。「捨てる」と言うと印象は悪いのだけれど、皮は肥料になるので、街の外にでも埋めるとあっという間に土に還って草が生えてくる。

魔道具開発と言えば「高性能で高価なものを造る」と思ってしまうところを、「安くて使い捨てるものを造る」という発想の転換である。

この魔道具が流通すれば、小さな冷蔵魔道具と使い捨ての皮との組み合わせで、鮮度の高い食材を運ぶのに馬車すら必要なくなる。馬の通れない秘境に肉を運ぶことも、逆に秘境の果物を持ち出すこともできる。

流通に革命が起きる。

人々の生活を劇的に変えるはずだ、という直感があった。

小型魔道具と皮の組み合わせで、どうすれば最も冷気を逃さないか。魔道具との結合部の形状についてアストリッドはすでにいくつもの試案を用意してあり、ファースがやらなければならないのはそれらのアイディアを片っ端から確かめること。そして理想的な「商品」というパッケージに落とし込むことだった。

完成形が見えてきたら特許登録、そして量産体制を整えなければならない。

工場をどうするか。商品流通をどうするか。素材の調達をどうするか。

やらなければならないことは山ほどある。

「私はアス・ニナ商会という名前の商会を立ち上げました。今後はこの首都総本店にも立ち入らないつもりです──あ、もちろん、お客として来ることはあるかもしれませんけどね」

「えっ、えっ、ファースさんが商会長なんですか!?」

「『ファース＝ヴィク商会』じゃないんですか!?」

「誰なんですか、そのアス・ニナって人!?」

「ま、まあまあ」

従業員たちが血相を変えて詰め寄ってくると、他の部屋にいた者も騒ぎに気づいてなんだなんだとやってくる。その中に、以前ファースが「辞職」を告げた店長の姿もあった。

「わ、若！　急にいらっしゃらなくなったから大混乱ですよ！　でもよかった……戻ってきてくださったんですね！」

「いいえ？　今日は私物を取りに来ただけで、もうお暇《いとま》しますよ。お別れを告げるにはちょうどよかったかもしれませんがね……。とはいえ、我々は商売人です。別れを惜しむ時間があるなら銅貨1枚稼いだほうが何倍も有益でしょうし、同じ道を行けば、どこかの鉄火場で再会することもあるでしょう。どうぞ悲しまないでください」

ファースが笑った。

その笑顔に釣られたのか、最初に声を掛けてきた女性が、

「──あの、私も連れて行って──」

「ですが！」

ファースは大きな声を上げた。

「しばらくは爪に火を点《とも》すような暮らしです。商会の始まりなんてそんなもので、幸い私は行商人経験もあるので覚悟はできています──」

それは、「安定した生活を求めるのならばここに残りなさい」というファースからのメッセージだった。つい今し方「連れて行って」という言葉を口にし掛けた女性は、口を結んで引き下がる。

その言葉を言わせないために、声を大きくしたのだ。

「本気、なのですか」

店長にたずねられ、ファースはうなずいた。

「若は……いえ、ファ、ファースさんが、それほど初代商会長に憧れていたというのは驚きです」

ヴィク商会の初代商会長、トロット＝ヴィクは薬の行商人としておよそ200年前に商売を始めた。当時は街や村にいる薬師、あるいは呪い師といった人たちが患者に直接薬を与えており、民間療法や秘伝の薬といったもので病人の治療が行われ、効果が怪しいものも多かった。

トロットは、都会で効果が証明され、流通している薬を用意してそれを売り歩いたのだ。やがて彼の販路は一大流通ネットワークになっていくのだが、いわゆる「大商人の立志伝」として商売人ならば誰でも知っているような話である。

「初代……商会長？」

ファースは、ぽかんとしてから、

「あっはっはっは！」

笑い出した。

「な、なにがおかしいのですか、若」

「あははは……いえいえ、なんでもありません。私は、そんな大それたことを思い描いてはいませんよ。ただ、やりたいことがあるからやるだけです」

「ではヴィク商会を乗っ取るようなことは……」

「あはははは！」

「若！　これは真面目な話ですよ!?　若だって、後継者レースに出ているひとりなんですからね!?」

「ひぃ〜、笑わせないでください。ヴィク商会はもちろん、父も母も、家族の誰も裏切るつもりはないですから。そんなレースからはもう下ります」

「下りる!?」

　ファースは壁の時計を見やる。

「――おっと、次の予定があるんだった。これで失礼しますよ」

　回収しに来た私物――自分宛の手紙などが置かれてある箱から紙の束を手に取ると店を出て行こうとした。

「裏切らないという言葉、信じますよ!?」

　店長はそう言い、ファースは手を振って応えた。

　ドアを開くと、夏の盛りが過ぎたとはいえ、まだまだ明るい陽射しが道を照らしていた。


「〜♪」

　ファースはまたも鼻歌交じりに歩いていた。先ほどヴィク商会で拾ってきた紙の束をあれこれ確認していく。手紙が多かったが、たいした内容ではなかった。どこそこの会合へ来てくれませんか、という商売上の付き合いのもの。是非とも一度お茶会に来て欲しい、というもの。これが圧倒的に多い。そして、そろそろ結婚を考えるべきだから実家に戻れ、というもの――これは父の右腕である番頭が寄越してきたものだ。

顔がいいだけに、ファースはいろいろと苦労をしてきた。出入りする商会では女性従業員から声を掛けられるし、売上を出しても「顔がいいからだろ」とやっかみを言われたり……。

売上は、大事だ。

それは商売人として大事であるという意味はもちろん、ファース……と言うよりヴィク家に生まれた者にとっては別の意味もある。

後継者レース。

大陸において「今いちばん勢いがある新興商会」としてヴィク商会は知れ渡っており、財力、影響力、ともに各国が無視できない規模にまでなっている。

父も母も穏やかで優しい人柄だが、こと後継者に関しては厳しい基準を設けている。「売上で明らかに他者を圧倒する者」、である。それは初代トロットがお金に厳しく、銅貨1枚でも多く売上を上げられるよう工夫を凝らしてきたことからそうなっている。

ファースもそういう家に育ったので、お金に関してはシビアだ。

だけれど、「お金だけがすべてではない」とも思っている——特に、誰かに尽くすことに喜びを覚えているニナと出会ってからは、なおのこと強く思っている。

だから、ヴィク商会を出る、なんて道を選んだ。

ニナやアストリッドのためではもちろんない。ファース＝ヴィクが、ヴィク家に生まれた自分が、ヴィク家の教えだけにとらわれるのではなくて、自分らしく生きるのならばどうしたらいいかと常々考えていた。そんなファースの目の前に現れたのが「使い捨ての携帯冷蔵魔道具」という稀代の発明品だった。

心臓が飛び跳ねた。

これに賭けたらきっと面白い。世の中を変える仕事だ。

銅貨1枚の積み重ねによって世の中が成り立っているから、銅貨1枚をおろそかにはできない。

そのヴィク商会の理念は骨身に染みてわかっている。

一方で、世の中を変えられるほどの仕事には、一生に何度携われるか。これは金貨を積んでも買えないチャンスだ。

「～♪」

父の右腕である番頭が書いた、きまじめな筆致の手紙を懐かしく思いながらもカバンに突っ込むと、最後の手紙を確認した。

「おおっ、これはニナさんからの手紙！」

軽快な歩みで、今にもスキップしそうだったファースの足が止まった。封を切って便せんを取り出すと、ニナの文字が綴られていた。

それはウォルテル公国を出てからのニナたちの足跡だった。

ユピテル帝国の首都サンダーガードで、月狼族の消息を追って「凍てつく闇夜の傭兵団」と関わりを持ったこと（ほんとうは潜入ミッションだった）。

リゾート地であるサウスコーストで温泉を復活させたこと（貴族の野望を打ち砕いた）。

ドンキース侯爵邸でキアラという素敵なメイドに出会ったこと（上位貴族のドンキース侯爵に求婚された）。

最後には「賢人会議」でトゥイリードと再会したこと。

カッコ内のことは書いていないので、パッと見はほんわかした近況報告だと思い、

「なるほど、息災そうでなにより……」

言いかけて、ファースは目をこすった。

「賢人会議ッ!?」

ファースも知っているのは、ニナが、「エルフとヒト種族の架け橋」とか「大陸魔導士の頂点」とか言われているトゥイリード＝ファル＝ヴィルヘルムスコットをもてなした経験があるということだった。気をよくしたトゥイリードがニナに、いくつか面白い話をして、それがとんでもない秘密であるらしいことも察しがついていた。アストリッドみたいな発明家が、ニナのそばにぴったりとついているのは、ニナの持っている情報が重要であり危険でもあるからだろう。

でも、「賢人会議」に参加しているトゥイリードと再会したというのはどういうことか。

ＶＩＰ中のＶＩＰであるトゥイリードはユピテル帝国でも超特別待遇だろう。彼が滞在するのは迎賓館だろうし、移動はすべて皇室の管理下にあるはずだ。

ニナが会えるはずがない。

「そ、それに……今年の『賢人会議』はかなり順調な滑り出しで、前回超えもあり得るかもしれないと聞きましたが……」

「賢人会議」は社会経済の様々なことに影響を与えるため、目端の利いた商人ならば当然チェックしている。

会議が始まってすぐの初報では「順調」ということで、今は続報待ちという状態だった。

隣国にいるためにどうしても情報の伝達にタイムラグがある。

「今日で、『賢人会議』の開始から8日目ですね……。さすがにこれまでの最長記録である7日を超えることはないでしょうから、もう終わっているころ……」

まさか、前代未聞のフル会期である10日をこなすことになり、各国首脳に強烈なインパクトを与えることになるだなんてことはいくら新進気鋭の商人であるファースとて想像だにしていない。

「でも、気になりますね……ニナさんがなんの理由もなくトゥイリード様に会ったとは思えません。いえ、むしろ偶然出会った、というほうがあり得るのでは？　いくら凄腕でも、メイドさんを皇室が呼び出すなんてことは……」

そこまで考えたところで、ファースは首を横に振る。

「……相手はニナさんです。想像の斜め上を優に超えてくる人です」

だんだんファースもニナのことがわかってきたようだ。

「ニナさんの身になにか、とんでもないことが起きた可能性がある……いえ、『起きた』と仮定して動いたほうがいいでしょう。ですが、私になにができる？　隣国のこの地にあっては——」

「こんな往来の真ん中で、なにをぶつくさ言ってるんです、ファースさん」

話しかけてきたのは、あごひげを生やした渋めのイケメンだった。

「ゴールディング商会」所属の発明家、ケットである。

詐欺師としてユピテル帝国で指名手配されていた彼は、「ゴールディング商会」のクレアに拾われた。商会の食肉販路を巡る様々なことがあって、クレアとの恋仲も破局しそうになったり、よりが戻ったり、その立役者として「メイドさん」が活躍したりといろいろあったが、今はファースの、アス・ニナ商会の協力者でもある。

「いえ、その……」

「おお、そっちの設計図は試作品工房のものですか？」

「あ……はい、こちらの物件が空いていたので契約してきました」

「即契約!?　さすがですね」

首都内ではなく郊外の発明工房を契約し、そこで冷蔵魔道具の試作品を作る予定だった。なぜ郊外にしたのかと言えば、金額的に安いというのもあるけれど、目立ちたくなかったのがいちばんの理由だった。ファース＝ヴィクはどうあっても商売敵から注目される。そんな彼が、もしも首都のど真ん中に工房を借りて商品開発を始めたら否が応でも探りを入れられる。

この冷蔵魔道具は既存の魔道具とアイテムを組み合わせてとんでもない効果を得られるアイディアだ。裏を返すと、ここに気がついたことこそが「発明」なのだが、一度そのアイディアを知ってしまえば他の発明家でも作れてしまう。

スピード勝負だ。

なんとしてでも早く製品化し、特許を取ってしまいたい。

そのためには目立たず、秘密を守れる人に協力してもらう必要があった。

一度クレアを裏切ったケットならば、二度と裏切らないのではないか……いや、正直に言えば多少の不安はある。ほぼ冤罪とは言っても詐欺師として指名手配されているのだから。それでもケットに依頼することにしたのは開発速度やその実力を考えると、彼以上の適任者がいなかったからだ。

あとはケットに賭けてみようと決めた。

「こりゃあ楽しみだ。いつからやりますか？　今からやりますか？」

そんなファースの思いなどつゆ知らず、ケットが目をキラキラさせて聞いてくる。

最初に彼を目にしたときには、後ろ暗さを感じさせ、世を恨んだような雰囲気さえ漂わせていたのだが、今は少年のような目をしていた。

ケットに賭けると決めたのは、ファースが己の直感に従ったからでもある。

いざというとき信じられるのは己の直感のみ。「ニナの身になにかが起きたのかもしれない」と思ったのも直感であり、こういうときの直感は大抵当たるのがファースだった。

「ケットさん、頼みがあります」

「な、なんですか急に……真面目な顔して」

「ニナさんのことです。彼女たちが、とんでもないことに巻き込まれているかもしれない」

「!!」

ニナは、ケットにとっては恩人だった。自分が最後の最後で間違った道に進むことを止めたのはニナたちであり、ケットはクレアと復縁できた。

「……俺にできることなら、なんでもやる」

仕事の発注者、請負者、という関係ではなく、ひとりの男の顔でケットは言った。

「私は帝国に行ってきます。ニナさんの安全が確認できればそれでよし、トラブルに巻き込まれているようでしたら――」

「助けてきてくれ」

ケットに言われ、ファースもしっかりとうなずいた。

「それで、俺に頼みたいことは？」

「これです」

ファースはケットに、設計図や工房のカギ、その他諸々必要なものを渡した。

「私が戻ってくるまで、開発のすべてをお任せします。必要な物品も発注してください。金額の判断もお任せします」

「！」

商人が――他ならぬ、若手でありながら凄腕商人のファースが、お金に関することも自分に任せるという。

その責任と期待の重さを無視できるほど、ケットは若くなかった。

「……わかった」

だけれど、ここで引き下がるわけにはいかない。

チャンスをくれた人たちの「頼み」なのだ。

「こっちのことは気にしなくていい、メイドや発明家のお嬢ちゃんたちを頼んだ」

「お願いします」

ファースはその日、大急ぎで首都を発《た》って、ユピテル帝国の首都サンダーガードへと向かった。

想像もしなかった。

「賢人会議」の大成功はもちろん、フロートの大事故とテロ事件が起きて、事件解決のためにメイドたちが走り回ったなんてことは。

4人のメイドが皇帝陛下から直々に褒賞を与えられた——という情報を旅の途中で耳にしたファースは、思いがけないめまいに襲われたのだった。

第1章 生まれ変わる街と、再発見される謎と、導かれる縁と

「ニナ……あたしはどうしてもあなたに話しておかなければならないことがあるの」

昼だというのに宿の窓は閉め切られ、暗い室内の明かりはテーブルに置かれたランプだけだった。

テーブルを挟んで座っているのは、魔導士エミリとメイドのニナだ。

「は、はい」

「あたし、言ったよね？　なにかとんでもない、い、い、いことをしそうなときには事前に言ってね、って？」

「はい！　エミリさんはいつもわたしの話を聞いてくださいますよね。それにわたしの意志も尊重してくださる細やかな気遣いもできる方で……」

「ん、んんっ！　べ、別にあたしのことはいいのよ！　——それで、あたしたちはユピテル帝国の首都サンダーガードを出て、最初の大都市であるブリッツガードに来たわね？」

「同じユピテル帝国なのに、全然違う雰囲気で楽しいですよね！」

「そう、空気も違うし、お酒も違うし、食事の味付けも変わって——じゃないのよ。今日の夕飯も楽しみね、とかそういう話じゃないのよ。あたしが言いたいのは、首都を出て1日目に訪れた村長さんのこと」

「あ……はい。割れてしまった酒器がありましたね。とてもすばらしい品でした」

「ニナが直したのよね？」

「はい！　あんなに喜んでくださるとは思いませんでしたが」

「素人のあたしから見ても、割れ目がまったく見えないほど完璧に直ってたから、そりゃ喜ぶわよね」

「メイドなら当然です」

「……今は、そのセリフについては置いておくわ。その後、村長さんから『ウチで働かないか』と誘われ……」

「お断りしました。今回はどうしても師匠のところに行かなければなりませんので」

「2日目の街ではワイン蔵の柱が腐りかけていたのを見抜いた。で、さらに直しちゃったよね？」

「ティエンさんの力があってこそです。とっても助かりました。わたしひとりではどうしようもなかったので」

「スッと直しちゃったよね？」

「いつ屋根が崩れるとも限らないほどの状態でしたから」

「酒店の店主はそれはもう喜んでたわよね——商品が無事だっただけでなく、修理費だって浮いちゃったから」

「その代わりお酒を振る舞ってくださいましたね。エミリさんもアストリッドさんも楽しそうに飲んでくださって、わたしもうれしかったです！」

「……そ、それはいいのよ」

エミリが視線を逸らすと、

「エミリは自分のことは棚に上げるのです」

「そういうところがあるよね」

「というかこの茶番はいつまで続くのです？」

「わからないよ。エミリくんの気が済むまでだろうね」

同じ部屋にいた月狼族のティエンと発明家のアストリッドの声が聞こえた。

「外野、うるさい！」

キッ、とそちらをにらんでから、エミリは、

「そして、このブリッツガードに到着したわけだけど……ハンカチを破いてしまって、泣いていた女の子にハンカチをあげたわね？」

「はい。とても気に入ってくださって、よかったです！」

「そのハンカチの柄が……なんて名前だっけ？」

「霧幻ステッチですね。クレセンテ王国の秘境、霧深き谷にあるという集落で代々伝えられている刺繍で……」

「そういう貴重なものを、あげてしまったわけよね？」

「そのような大層なものではないです。わたしが縫ったものなので」

「なんでそんな刺繍をニナができるのかは置いておいて――答えは予想できるから――問題は、そ

のハンカチを見た女の子のお母さんたちよ」

「は、はい……」

さすがのニナも、このときばかりは気まずそうに目を伏せた。

「わたしも、まさかこんなことになるとは……」

エミリは、窓の木戸をギィと開いた。明るい陽射しに一瞬目がくらむが、すぐにそれにも慣れると眼下の大通りが目に入る――この部屋は3階にあった。

「――この刺繍ができるっていうメイドさんに会いたいのよ」

「――すごいわよねぇ。私にもできるかしら」

「――メイドさんができるならウチらにだってできるでしょ！」

宿の入口に押しかけている数人の女性は、ニナが女の子にあげたハンカチを見て、その刺繍の美しさをたいそう気に入ったらしい。

「『若い子にできるなら自分にもできる』『ハンカチをくれるくらいだからたいしたことないに違いない』『技術を教えて欲しい』……とまあ、こんなことになっちゃったと」

「はい……申し訳ありません」

ニナは面目なさそうな顔で言ってから、

「なので、出発を延ばして、あの方々にステッチをお教えしますね」

エミリは頭を抱えた。

「そうじゃないんだよなぁ～～～！　解決方法で、そこにいかないで欲しいんだよなぁ！」

初耳の「霧幻ステッチ」だが、それが貴重なものであるということをまず知って欲しい。先ほど同じ刺繍の別のハンカチを見せてもらったが、流麗に動物が描かれており、儚くも繊細な刺繍は欲しがる人はさぞかし多かろうと思えた。

あと、こういう技術は1日2日教えたところで絶対モノにならないに決まっている。ニナだからできることで、一般のお母さんたちが習得できるわけがないとエミリは確信している。教え終わるまで出発できないのなら、ブリッツガードに何か月も滞在しなければならない。いや、あるいは何年も？

「エミリくん、こういうことはゆっくりやろう……ね？」

アストリッドがやってきてぽんぽんとエミリの肩を叩いた。

「ご、ごめんなさい、エミリさん。わたしがハンカチを差し上げてしまったせいで……」

「いいのよ……。ニナがハンカチをあげたのは正しいことだから」

むしろ心優しいニナのままでいて欲しいからこそ、エミリの心境としては複雑なのである。

今回のことも怒っているわけではない。

でも、あんまり騒ぎになることは止《や》めてくれないかなあとは思っている。

「とりあえず今日は大人しくしてようか。裏口から出ればバレないだろうし、街の観光でもしようじゃないか」

「賛成なのです。チィはお腹ぺっこぺこだから」

アストリッドとティエンは言ったのだけれど、

「あのぅ……わたしはちょっと疲れたので宿に残りますね」

とニナが言った。

「そうかい？　じゃあなにか食べ物を買ってこよう」

「あー……あたしも眠たいから昼寝するわ。アストリッド、ここの名産のお酒、よろしくぅ～」

「エミリくんもか。わかったよ」

アストリッドはうなずいて、ティエンとともに宿の裏口から外へと出たのだった。


ブリッツガードは「活気にあふれた街」だった。

だけれどふつう「活気にあふれた街」と聞けば、多くの人が行き交って、商売が盛んで、どんどん発展していることをイメージするだろう。

だけれどこの街の「活気」は少し違った。

「……ホコリっぽいのです」

ティエンはむっつりしていた。その顔の、鼻から下はスカーフでぐるりと覆っているので声はくぐもっている。

「いやあ、開発の真っ最中って感じだね」

アストリッドも同様の格好だけれど、夏の盛りを過ぎたとはいえ、日中は気温が30度ほどにも上がる。スカーフなど巻いていたら頭がクラクラしてしまうほどに暑い。

でもそうせざるを得なかった。

ブリッツガードの街ではあちこちで建物が取り壊され、新たな建物が建てられようとしていて、はたまた道路の整備が行われ、用水路を埋め立て、新たな用水路を掘って、とにかく――大変な「活気」だった。

そのせいで街のどこにいてもホコリが舞っていたし、工事が進んでいるので騒音もすごかった。

ティエンの自慢の、いつもならばピンと立っている、先っぽだけちょっと銀色のイヌミミも心なしかへなへなしていた。

「やっぱりチィも宿にいればよかったかも」

「あはは。それはふたりのお邪魔になるから止《よ》しておこうよ」

「お邪魔？　どういうことなのですか」

「そりゃ、あのふたりがもう一段階仲良くなるためのお邪魔、かなぁ」

アストリッドは「当然」という感じで言ったがティエンにはよくわからない。

「――ちょっと、冷たいものでも飲みながら話そうか」

近くにあった木造のカフェを指差したアストリッドに、ティエンは真顔になった。

「アストリッド……昼からお酒はダメだからね」

「私ってほんとに信頼ないなあ!?」

ちょっと凹むアストリッドである。

カフェは数多くの茶葉を取りそろえており、「ティールーム」という雰囲気もあった。落ち着いた店内は清潔なテーブルクロスがかけられ、明るい午後の陽射しがたっぷりと入ってくる。お茶とは言ってもアイスティーもあるのでふたりはそれを頼んだ。

清涼感があって美味しいお茶だった。お値段もお手頃。だけれど――、

「閑散としているねぇ」

店内にいるお客はまばらだった。

「それよりアストリッド、さっきの話ですけど」

「ああ――そうだね。エミリくんは性格的に、思ったことをはっきり言うタイプなんだけど、ニナくんに対してだけはちょっと遠慮があるんだよ」

「エミリにそんな遠慮があるのですか？　信じられない……」

「君も直球だねぇ」

苦笑しつつ、ティエンもまたこのパーティーになじんできたなぁと感慨深い。

「まぁ、エミリくんにとってニナくんは大恩人だし、ニナくんの好きなようにもさせてあげたいからジレンマがあるんだろうねぇ。さっきの話だってどこか歯切れが悪かったし、結局なにを言いたいのかよくわからないところもあったし」

「アストリッドもエミリも、ニナのおかげで毎日楽しくお酒を飲めるのです。なにが悪いの？」

「……君はほんと直球だねぇ」

自分にまで流れ弾が飛んできて思わずうめくアストリッドである。

確かに、毎日飲んだくれているという自覚はある。

だけれどそれもこれもニナが悪いのだ。際限なく甘えさせてくるニナが悪いのだ！　――なんてうそぶいてみるけれども、明らかに自制心の問題だった。

「エミリとニナをふたりきりにしたらどうなるの？」

無邪気な質問に、

「そうだねぇ、やることがないからお話をするんじゃないかな」

「お話って？」

「いろんなことを話すのよ。過去のこと、今のこと、これからのこと……」

「そうするとなにが変わるんですか」

「エミリくんはね、言いたくはなかったけど、ニナくんに苦言を呈した。言わなければ心地よいままでいられたけれど、その空気を壊すことを言った。あとは、新しい関係を作っていくしかないじゃない？　それにはお話をするしかない」

ティエンは首をかしげている。

「……この街とおんなじだよ。スクラップアンドビルド。古いものを壊すことでしか、新しいものを作ることができない、というのはままあることさ。その結果、街が住みやすくなる」

ティエンは、ますますわからないというふうに首をかしげた。

「どうして壊すんですか。まだ使えるおうちを壊すの？」

「木造から石造りの街に変えるんだと思うよ」

「まだ使えるのに？」

「木造は、燃えるからね……。火事になったときにもろいんだ。多くの都市が火災によって大きな被害を受けてきたことは歴史が証明している」

「………」

ティエンは、むぅ、と眉根を寄せていた。「人間は勝手なのです」とでも言いたげだった。確かに、と思う。大量に木を切って大量の家を作ったかと思うと、それを壊し、今度は山を切り開いて石材を運んでくるのだから。

「――お客様、お詳しいですね」

ふたりのテーブルにカートを押してきたのは白髪交じりの髪をオールバックにした店主だった。ふたりのグラスに水を注いでくれる。

「旅の方でいらっしゃいますか？」

人の良さそうなにこやかな笑顔。目尻には小さくシワができている。

「ええ。明日か明後日にはブリッツガードを発つわ」

アストリッドが答えると、

「それがようございましょう。この街には見るべきものも、あまりありませんからね」

「そうなんですか？　大きな街なのに」

「大きいだけですよ。今もこうして、首都でお祭りがあるとこの街からは人がいなくなってしまいます」

なるほど、とアストリッドはうなずいた。このお店に閑古鳥が鳴いているのはそもそもブリッツガードの住人たちが街にいないからなのだろう。首都では皇帝陛下の記念式典やらなんやらが行われており、連日お祭り騒ぎだ。

そのお祭りで、テロ事件が起きたのだけれど、だからといって物見遊山の観光客が全員首都から逃げ出すなんてことはない。

「お茶、とても美味しいですよ」

「ありがとうございます。よろしければもうちょっと召し上がりませんか？　来月には店を閉めるので、倉庫に入らない茶葉を使ってしまわねばならず」

「お店を閉める……？」

「ああ、いえ、一時的なものですけれどね。街道拡張事業があるので、ここも取り壊すんです」

「へえ！　ほんとうに大がかりな工事をしているんですね」

「皇帝陛下の在位50周年を記念した工事なので……私も、木造の建物は壊すのが時代の流れだろうとは思っております」

店長はしんみりと言いながら、カートから新たな茶葉を出した。

ガラスのポットに茶葉を入れてから、その上に乾燥した花を載せる。注がれたお湯は金色に変わっていき、やがて水分が行き渡った花は、ピンクの花弁を開かせた。

「これはすごいですねぇ」

「いいニオイがするのです」

「ティエンくんが『いいニオイ』と言うのだから間違いないね」

アストリッドとティエンが喜んでいると、それがうれしいのか店長もますますにこやかになって追加のお茶を出してくれた。

華やかな香り。糖類は入れていないのに舌に残るかすかな甘み。ニナの淹れてくれるお茶を飲んでいるふたりでも——いや、ふたりだからこそわかる、この茶葉の良さ。

「美味しいです」

アストリッドが素直に言うと、ティエンもこくこくうなずき、店長の笑みもますます深くなる。

「茶葉、よければいくらか持っていってくれませんかな？　あ、でも旅の空だと保管が難しいかな……」

「いいんですか？　保管は、私たちの旅の仲間がお茶を淹れるのが得意なので問題ないと思います」

「おお、それはそれは」

「せめてお代を払わせてください」

「いやいや、ここが取り壊されるタイミングで、どのみち、使い切れないものは廃棄するので……」

「よいものにはちゃんと価値があるから、お支払いしたいです」

アストリッドが真剣なまなざしで言うと、

「そう……ですか。わかりました、ありがとうございます」

店長は深々と頭を下げた。

「……家を壊すと、こんなふうにいろいろ捨てなきゃいけないんでしょ？　やっぱりもったいないないのです」

ティエンがぼそりと言った。

「ははは、そうですなぁ……。ですが、いつかやらねばならないとはみんなわかっていたんですよ。私が子どものときにね、ブリッツガードでも大きな火災があったんです。代官様のお屋敷一帯が燃えるようなことがあって……あのときの煙のニオイを今でも覚えていますよ。１か月以上ニオイが残ってねぇ。……だから、ブリッツガードに住んでいる古い住人は、石造りの街に変わることは仕方ないと思っています」

「むぅ……」

ティエンが相変わらず納得できていないようなので店長はちょっとあわてて、

「え、えーっと、そうだ。この街には見るものがないって言ったけど、ひとつありましたな。あれも壊すかもって話だから見るなら今だけですよ」

アストリッドとティエンに教えてくれたのは、

「とても立派な給水泉です。この街の誰に聞いても給水泉の場所ならばすぐに教えてくれるでしょうな」

給水泉とは地下水を汲み上げて、水を供給する施設である――なんて簡単に言ってしまうと「井戸となにが違う？」ということになるのだけれど、これが結構重宝する。地下水が豊富な場所では、夏の暑さしのぎに、馬の水やりに、給水泉が活躍する。いつでも飲める水があるというのは衛生面でも、健康面でも重要なのだ。公園の水飲み場のようなものを想像すると実態に近いかもしれない。あちこちに自動販売機があって水を買うことができ、馬の代わりに車が走っている現代日本ではまったく必要ないと言われればそうだけれど。

ブリッツガードの給水泉は実用性もさることながら、見た目にもこだわって作られていた。高さ5メートルと、とにかくデカい。八角柱の塔の壁面には、この世界の神様が大きく彫られている。住民にいちばん人気がある慈愛の女神イローダはもちろん、太陽の女神ヌース、月と星を司る男神ラスン、信念の女神イス、イスの夫である男神イリガル、武神スキュラ、そして教皇と皇帝のふたり――特定の代ではない、教皇っぽい誰かと皇帝っぽい誰かだった。

立派なデザインだ。この街並みにそぐわないほどに。

それぞれの壁面には蛇口がついていて、そこから水がいくらでも出てくるのであり、どこで汲んでも同じ地下水なのだけれど人気の神のところで水を飲みたいのだろう、ちょっとした列ができているところとガラガラのところとがあった。

「確かに、これは見事だねえ……」

アストリッドが見上げるほどに大きい給水泉。その周囲は開けていて、多くの人々が行き交っていた。所在なげに立っている人は待ち合わせかもしれない。これほど大きくわかりやすい待ち合わせ場所もない。

だけれどこの周囲にも工事の手が迫っていた。おそらく以前まであったのであろう街路樹は掘り返されて撤去されており、穴がぽっかりと空いていた。所在なげに立っている人の足元にはかつてベンチでもあったのかもしれない、石畳の色が変わっていた。

「なんだか殺風景なのです」

「ははは……」

身も蓋もないティエンの言葉にアストリッドは苦笑する。

街路樹も、ベンチも撤去してしまえば殺風景になるのも無理はないだろう。

「まあ、都市開発をするなら仕方のないこと……」

「でも木造じゃないのに壊すのですか」

「ここは街道の整備だろうね」

アストリッドが見たところ、ブリッツガードを貫く大通りは、木造建造物のスクラップアンドビルドで道路拡張をしているようで、この給水泉がある広場は拡張される道路のエリアに含まれていそうだ。

「この給水泉も壊すか、移設するか……。このままだと大通りがぶつかってしまうから」

「邪魔者扱いってことですか」

いつになくトゲのある言葉に、アストリッドは、

「ティエンくんは壊すことが嫌いかい？」

「……うん。火事になるのはイヤだけど、壊すのもイヤなのです」

なにかティエンには思うところがあるのだろうか――そう言えば、ティエンとふたりでこうして話す時間は今までほとんどなかったかもしれない。

「チィはいっぱい山を壊してきたから。壊したら山も怒るのです」

彼女がいたのはイズミ鉱山という鉄鉱山で、多くの鉄鉱石を産出していた。その作業者として働いていたティエンもまたツルハシを振るって多くの岩を砕いた。大雨によって出水した事故も経験した。

幸い、死者は出なかったけれど、アストリッドたちとともに1か月もの間、復旧作業に当たることになったあの記憶は新しい。

「ティエンくんから見れば、この給水泉を壊さずに済むのならそのほうがいいのだろうね」

「それはそうなのです。だって、ここに住んでる人たちを見守ってきた神様たちを壊すなんて罰が当たってもおかしくない」

見たところ、この給水泉ができたのは10年や20年前ではない。もしかしたら半世紀以上もの間、人々を見守ってきたのかもしれない。水とともに癒やしを与える給水泉は、成長していく子どもを見守り、待ち合わせをするカップルを見守り、一期一会の旅人もまた見守ってきた。

「お別れなんてしたくはないはずです……」

「…………」

両親と離ればなれになってしまったティエンには、「壊す」「別れる」という言葉はナイフのように胸に刺さるのだろうか。

「……うん？」

そのときふと、アストリッドは気がついた。

給水泉の壁面に扉がついている。その扉はパッと見はわからないようになじんでいるのだけれど、よく見るとドアノブとカギがあった。近寄ってみると地面に扉がこすれた跡があり、最近誰かが中に入ったことがうかがえる。

「ふーむ……ふつうに考えれば、内部にある水を引き上げる魔道具のメンテナンスのためのものだろうね」

なんだか引っかかる。

その間にも多くの人々がやってきては喉を潤し、あるいは水を汲んで帰っていく。

「アストリッド、帰ろう」

「……いや、ちょっと待って。もう少しでなにか思いつきそうなんだ」

この給水泉は、八角柱であり、神像が彫られてある。この街並みにそぐわないほどに立派なデザインである。

「ん。『この街並みにそぐわない』ってことは、デザイナーはブリッツガードには来ていないのかな？　それはおかしなことじゃない。でも違和感はそこじゃなくて——」

「はぁ……アストリッドがこうなってしまったら長いのです」

やれやれとティエンは首を振って自らも水を飲みに行った。不人気の男神イリガルだとすぐに自分の番が回ってくるが、自分の前の老人が大きな壺を持っている。

「ふーむ……神像だけは別の場所で彫って、完成品をここに持って来たと考えるのが筋だろうね。だけど……」

アストリッドはブツブツ言いながら給水泉の周りを歩き、たまに人にぶつかりそうになっている。

「ん、もしかして……いや、そんなことがあり得るのか？」

「アストリッド、まだですか？」

「うわっ！　びっくりした……ティエンくんか」

「びっくりした、じゃないのです。そろそろ帰ろう」

「いやあ、考え事に夢中になってしまって……ってそちらのご老人は？」

いつの間にかティエンの横に老人がいる。にこにことしており目尻のシワも深い、優しそうな人だった。

「こちらのお嬢ちゃんにのう、水を運ぶのを手伝ってもらったのじゃ」

「ああ、なるほど。ティエンくんだったら一度に多く運べたことでしょう」

「そうなんじゃよ。今でこそイリガル様になってしまって人気はないが、前は並ぶのにさえ一苦労だったもんじゃ。たいそう人気でのう」

「前、というのは……男神イリガルの前があったのですか？」

「そうじゃよ、真実の女神ルーシス様じゃった。むっちりしたお姿でのう、男はみんなルーシス様に並んだものじゃ。あまりに破廉恥だということでイリガル様になったんじゃ」

まさかの下世話な話だった。

「ルーシス様の神像は代官様のお屋敷に運ばれたんじゃが、その後の火事で煤だらけになってしまったと聞いておる」

「火事、ですか」

「この先にのお、新しく給水泉ができておるんじゃが、だーれも使わん」

老人が指差したのは50メートルほど先にある、給水泉だった。蛇口がついていて水が出るだけのもので、まさしく公園の水飲み場だ。

なるほど、そこには誰もいなかった。


「残念ですが、他国の発明家様にはお見せできない決まりなんです。いくらフレヤ王国のご出身でも……。あ、粗茶ですがどうぞ」

出されたお茶は、確かに先ほどのお店で飲んだものに比べると香りが全然足りなかったが、それでも熱い陽射しの下を歩いてきたアストリッドとティエンにとってはありがたかった。

ここは帝国発明家協会のブリッツガード支部だ。応接間でふたりに向かい合って座っているのは副支部長を名乗る若い男だった。

協会内はがらんとしており、ブリッツガードでも名のある発明家は首都に出払っていて、それにくっついて支部長や事務員も行ってしまった。お茶も、副支部長がわざわざ入れてくれた。

「そうですか……給水泉の設計図が見られればいろいろとわかることもあったと思うのですが……」

アストリッドはここで給水泉の設計図を見せてもらえないかと思っていたのだが、「決まり」を盾に許可は出なかったというわけだ。

「なぜあの給水泉が気になるのですか？　失礼ながら、ブリッツガードには初めていらしたようですし……」

「いえ、ちょっと気になるだけではあります。見事な出来ですし」

「はあ……見事なのは外側だけですが――ああ、いや、中もなのかな。私は見ていないのですが、内部は複雑な構造だそうです。取り壊しのために、先日給水泉内部を確認した者が言っていました」

取り壊し、と副支部長は言った。すでに協会ではあの給水泉は壊すことを決めているのだろう。

「複雑とは？　水の引き上げくらいでは複雑な構造にはならないと思いますが」

「ああ、違うのです。塔の内部が変わった造りだとか」

「ほう」

ますます見たい。

それはアストリッドが発明家であるからというのもそうだが、なんだかこの給水泉は最初から自分を惹きつける。

「設計図をお見せできればよかったのですが……そもそも、ないものは見せられませんし」

「ないものは見せられない？　私がフレヤ王国の出身だから、ではなくてですか？」

「規則としてもお見せできないことは間違いありません。もともと設計図は代官屋敷に保管してあったのですが、火災で焼失しましてね。だから給水泉も壊すしかないんです」

「……なるほど。あの、実物を見れば私もお役に立てるかもしれませんが、どうでしょうか？」

「それは……私の一存では決められませんし、取り壊しはもう決まっていることですし」

「うぅ、そうですよねぇ」

お役人らしい返答ではあったが、そう言うしかないだろうことも理解できる。

「アストリッド、もういいよ。壊すしかないことだってある」

「でも……」

ティエンは首を横に振った。

悲しそうな顔だ——と、アストリッドは思ってしまった。

どうにかしてあげたい。でも、いったいなにができるというのか。

「おっ、ここにいたのかよ副支部長。——って、あれ？　お客さんか？　こりゃ失礼した」

ガチャリとドアが開いて入ってきたのは30代の女性だった。だがアストリッドの目を惹いたのは、彼女がツナギを着込んでおり、腰にはツールベルトを巻き、首からゴーグルをぶら下げているところだった。

短く切った髪と、活発そうな目は、服装ともあいまって彼女が「発明家」であることを物語っているようだった。

「アンドレアさん、部屋に入るときにはノックをしてくださいと何度も言ってますよね？」

「発明家にマナーを求めないでよ～」

「そのとおり。発明家は型を破ってナンボですよ」

アストリッドも言うと、アンドレアという発明家は驚いたような顔でアストリッドを見てから、

「そんじゃ、出直すわ」と言って出て行った。

「はあ……。フレヤ王国の発明家も皆さんあんな感じなんですか？」

「フレヤ王国は――」

アストリッドは自分の故郷の発明家を思い返す。豊富な資金を元手に投資をし、その利益で食べている人たち。貧乏な発明家が作り出したものを買い取って、自分のものであるかのように発表している――なんて疑惑も何度も耳にした。

「……いろんな発明家がいますよ」

でもアストリッドは、ほろ苦い記憶を呑み込んだ。

それからしばらく副支部長と話をしたが、給水泉に関しては進展がなかった。

発明家協会から出ると、ちょうどお昼時だったのでアストリッドとティエンは屋台を回って食事にありついた。街のスクラップアンドビルドには当然飲食店も含まれているので、店が建て替えられている間に、彼らは屋台で商売を始めているのだった。

「これならどこでも仕事ができるしよお、もし店の移転が終わっても、この屋台は弟子にやらせてもいいかもしれねえなって思ってるんだ」

店主は豪快に笑った。たくましいな、とアストリッドは思う。

その場で食べても持ち帰ってもいいように、油紙に包んだホットサンド。外側はカリッと焼かれ、中にはたっぷりのバターとハム、レタス、トマトという王道ながら絶対外さない美味しさ。ティエンがあっという間に5つ平らげたが、アストリッドはひとつで十分だった。

「あ～、アンタたちこんなところにいたのかい」

そこへやってきたのは先ほど協会にいたアンドレアだった。

「なんだ、アンドレアの知り合いかよ。そんならサービスしてやったのに」

店主は追加でホットサンドを作ると言ったがアストリッドは丁重にお断りし、ティエンは喜んで6つ目をいただくことにした。

「アタシはアンドレア、アンタは？」

「アストリッド。こっちはティエン。――この店とは懇意なのかい？」

「この店の加熱の魔道具をアタシが修理してやってんのよ」

「なるほど。小さいながら火力が高い、いい魔道具だね」

「わかるかい？　うれしいねえ」

にこにこしているアンドレアもホットサンドを食べ始めるが、アストリッドは、

「……それで、私たちになにか用事でも？」

わざわざアンドレアが自分たちに話しかけてきたのだ。それにさっきはアストリッドを見て驚いたような顔をしていた。

「アンタ……どこの街の発明家なんだい？」

「街、と言うより、出身はフレヤ王国だよ」

「えっ、あの発明の聖地のフレヤ!?」

がたっ、とアンドレアは腰を浮かせた。

「聖地と言ってくれるのはうれしいけど、発明家はどこにいたって発明家さ」

「…………」

アストリッドを見つめながらアンドレアは座り直す。

「……その、さ。フレヤ王国じゃあ、女の発明家も多いのかい？」

「多いかどうかで言えば少数ではあるけど、それでも１００人以上はいるんじゃないかな」

「１００人！　すごいなあ……」

「なにか気になるところでも？」

「……ここじゃあさ、アタシみたいに女の発明家が他にいないのよ。いても、男のやってる商会で雑用を任されてるくらいで」

なるほど、とアストリッドは思った。アストリッドのような見慣れない女が協会にいて、しかも発明家を名乗って、副支部長に会っているのだから気になったのだろう。

「だから……アンドレアさん、あなたは男のような振る舞いを？」

「あー、これは昔っからこうなんだ」

ぽりぽりと頭をかいている。

「でも、この男っぽさが仕事で役に立つことはよくあるのよ……。楚々とした令嬢が魔道具を修理しにくるより、アタシみたいながさつな女が来たほうが、頼んだほうも安心するし」

「そんなことは――」

アストリッドが言いかけたとき、ごとん、とテーブルにジョッキが置かれた。果実水が入っている。

「店主、これは……？」

「俺からのオゴリだよ、飲んでくれ。アンドレア、お前のもある」

「あらあら、どういう風の吹き回しだい？　さては若い女の子が来たもんだから浮かれてんのかい？」

「バカ言ってろ」

ふん、と顔を背けて店主は去っていった。

「……アイツとは腐れ縁でさあ。将来はアタシが発明家に、アイツが料理人になろうって言って、お互い夢を叶えはしたんだけど……レストランを経営してるアイツと、くすぶってるアタシとじゃ、ずいぶん差がついちまったんだ」

アンドレアは寂しそうな目をした。

「レストランなんてやってるアイツの周りにはいつも人がいたから近寄りがたくてね、でも屋台を始めるって風のウワサで聞いて、それで魔道具を造ってやったら大喜びよ」

「ふふ」

アストリッドは笑ったが、それはきっと魔道具を喜んだだけではないだろう。

「な、なんだい変な笑い方して……」

「まあ、まあ。それで、私に聞きたかったのは女の発明家としてどういうふうに生きてるかってことかな？」

「あー……うん」

「変わらないさ。女も、男も。発明をしたいという情熱があるかどうかだけが、発明家か、そうでないかを分けるのだから」

それはアストリッドの両親が教えてくれたことだった。

——発明をしたいという情熱があるかどうか。それこそが人を、発明家なのか、そうでないかを分けるんだよ、アストリッド。

早くに両親を亡くしていたアストリッドだったがその教えは胸に生きている。

両親はその教えを、祖父母から受け継いだと聞いた。

マホガニー家の発明家はこうして生きていくのだと。

「…………」

その言葉が響いたのか、アンドレアはじっと黙り込んだ。

やがて、彼女はバクバクと残りのホットサンドを食べきり、ジョッキの果実水も飲み干すと、

「――アストリッドさん。アンタはあの給水泉に興味があるんだろ？　協会の事務員にちらっと聞いたんだ」

「ああ、そうなんだ。でも他国の発明家には見せないって」

「おかしな話だよな？」

「いや……そうとも言い切れないけどね。魔道具の秘密を守りたいんでしょう？　であれば、他国の人間に見せないというのもうなずける」

「だけどさ、あの給水泉は他国の発明家が設計したらしいぜ」

「ほう？」

「なのにそれを見せないって、バカげてる」

「そう言われると……。でもそれならどうして見せないんだろう」

「実はね」

アンドレアはアストリッドに身を寄せ、声を低めた。

「……魔道具の中身を理解できないからなんだ」

「!?」

それはとんでもない話だった。この街の発明家には理解できない、この街のシンボル。そんなものがあるだけでも発明家協会にとってはもやもやする原因になるだろうに、もし他国の発明家が見て、完全に解析されたら……協会のメンツは丸つぶれだ。

「で、でも設計図があったんだろう？　それがあれば誰だって理解できるだろう」

「燃えちまった設計図か。でも、その設計図を見ても当時の発明家連中は理解できなかったらしい
――アタシはそのころまだ発明家じゃなかったから見られなかったけど」

「設計図を見ても理解できない？　えぇ……？」

アストリッドは唸った。発明家たちが設計図を見ても理解できない魔道具。

ただの水を引き上げる魔道具ではないのか？

俄然興味が湧いてくる。

「で、これはなんだと思う？」

アンドレアがテーブルに載せたのは、鈍い金色の光沢を持つ、小さなカギだった。

思わずアストリッドは腰を浮かせた。

「まさか!?」

「そう、そのまさか。給水泉の内部に入るためのカギさ。どうだい、今から行くかい？」

「行く！」

と勢いよく言ったアストリッドだったが、

「――あ、でも、私が行ったらマズいんだよね？　他国の人間なんだし」

「あっはは！　なぁに言ってんだい。発明家に女も男もないんだろ？　だったら帝国も王国もあるわけがないじゃないか。それとも、アンタの胸には発明の情熱がもうないっていうの？」

「アンドレアさん……。ありがとう」

「アンタの意見を聞きたいんだ。むしろこっちから頼むよ。それにアタシのことは『さん』なんて

つけずに呼んでよ」

「わかった、アンドレア。こっちもアストリッドって呼んで欲しい」

「ああ、アストリッド」

ふたりはがっちりと握手した。アンドレアの手はあちこち機械油で汚れ、小さな傷もたくさんあったが――発明家らしい、いい手だとアストリッドは思った。

「？」

食事を終えたティエンは、ふたりがなにを話していたのか全然聞いていなかった。


昼を過ぎても給水泉の周囲には多くの人がやってきていた。井戸だってあるはずなのに、この給水泉が利用されている――愛されているのはすごいことだとアストリッドは思う。

ブリッツガードの地元住民にとっての名所が給水泉くらいしかない、というのもそうだろう。神像の出来がいい、というのもそうだろう。みんな、この給水泉に思い入れがあるのだ。

「これを壊してしまうのは惜しいね……」

神像のレリーフは取り外せるようだから、別の場所に保管することもあるだろうが、給水泉そのものはどうしようもない。

アストリッドがぽつりとつぶやいたのを聞いたアンドレアは、

「アンタもそう思うかい？　給水泉を移設するってアイディアもあったんだけどねぇ……」

「魔道具を理解できない、と」

「そうなんだよ。もう何十年も、魔石を交換するだけしかしてなくてさ、よくもまあメンテナンスもなしに動き続けてるもんだよ」

メンテナンスしなければ魔道具だって動かなくなる。道路拡張の話がなかったとしても、いずれにせよこの給水泉は、魔道具が故障してその役目を終えていたかもしれない。

「だけど、水を引き上げるだけなら簡単な構造だとは思うけど、なにがそんなに複雑なの？」

「ふっ、それは見てのお楽しみだよ」

3人は給水泉の前までやってきた。アンドレアがカギを取り出してカギを開けると、重そうな扉がゆっくりと開いた。そこにはぽっかりと暗闇があった。

この扉が開いても周囲にいる住民たちがあまり気にした様子がないのは、先ほどアンドレアも言ったとおり、時々魔石の交換のために扉が開けられていたからだろう。

「アンドレア、君はここに何度か来ているの？」

「ああ。どうしてもこの給水泉をあきらめられなくてさ――それにまぁ、ここの魔道具の秘密を解いて、他の発明家を驚かせてやりたいっていう思いもある」

魔導ランプの明かりが中を照らし出す。外よりも気温が低く、ひやりと涼しい。

「これは……」

八角柱の建物の中には、3メートル四方、高さ4メートルほどの空間があった。

石造りだ。

中央の床面にはマンホール大の金属プレートがあって、持ち上げるための取っ手がついていた。

アンドレアが開けると、そこには魔石をはめ込む穴があり、ほのかに魔力の光を放っていた。

「アタシたちが確認できる魔道具部分はここだけなんだよ。ネジも使ってないし、魔術部分も確認できない。中の構造は一切わからない」

「……それに、この壁は」

アストリッドが気になったのは、室内の壁面だった。

10センチほどの凸凹が無数にあるのだ。凸凹、といっても、角材を無造作に積んだような凸凹だった。角材のようにカットされた石が、ブロックのように積み上げられているのだ。

「それ、面白いのよ。押しても引いてもびくともしない。石の重みが加わってるから」

「それじゃあ、解体するときは上から順にブロックを取っていくことになるわけだね？」

「そう思うでしょ？　でも違うのよ、これが！」

「え？」

「上に登った人の話じゃ、ブロックの継ぎ目はわかるんだけど取れないらしいんだ。接着剤を使っているわけじゃないのに」

「…………？」

そんなことはあり得るのだろうか。石材のようなブロックを積み上げていって壁面を構成している、というのはありそうだけれど、それなら上から順に取っていけばいい。この世界にはないオモチャだが、ジェンガのような構造をアストリッドは想像した。

だが、アンドレアが言うには、上のブロックはただ積み上がっているだけではないと。

「ここの屋上を見てみたいな……」

「アタシも言ったんだけどねえ、櫓を組まなきゃいけないから簡単にはできないって言われてさ」

「ふーむ」

アストリッドが考え込んでいると、

「屋上を見てくるのですか？　チィが行く？」

「なるほど、その手があったか。ティエンくん、お願いできるかい？」

「お安いご用なのです」

「あらあら、お嬢ちゃんが行くってのかい？　神像をよじ登るのなんて危ないから止めときな」

「大丈夫なのです」

「あ、ちょっと!?」

ティエンがさっさと外に出ていってしまったので、あわててアンドレアが、次にアストリッドが外へと出た。

水を汲みにやってきていた住民たちが「おおっ」とどよめいている。すでにティエンは3メートルほどの高さまでよじ登っており、あっという間に屋上にたどり着いた。

「ティエンくん！　そこはどうなってる!?」

屋上に立ってきょろきょろとしている姿が、逆光で影になって見える。

上から、「ホコリっぽくて汚れてるけど、つるつるしてるのです。鳥のフンも落ちてる」と声が落ちてきた。

「ブロックの継ぎ目が見えるかい!?」

うんうん、とうなずいている。

「押してみたりできる!?」

ティエンの姿が消えたのは、彼女が屈《かが》んだからだろう。

少しして、「動かない」と聞こえた。

「——ありがとう！　下りてきていいよ！」

するとティエンは、神像の出っ張りをつかみながら軽やかに下りてきた。服と手のあちこちがホコリまみれで、それをぱんぱんとはたいている。

「い、いやぁ……すごいんだねえ。アタシもこれくらいジャンプできたら上を見に行けたのか……」

「この子は特別だからね」

アストリッドは苦笑した。

「……それで？　これでまあ全部見終わったわけだけど、フレヤ王国の発明家さんはなにか気づいたことがあったのかい？」

「大体わかったよ」

「そうだろ？　全然ヒントがないもんだからさ、調べようがない——え？　い、今、『わかった』

って言ったのかい？　じょ、冗談きついなあ」

「仮説の域は出ないけど、大体わかった」

アストリッドはにっこりした。

「あとは検証するだけさ」


給水泉内に戻ってきたアンドレアは半信半疑という面持ちだったが、そんな彼女の目の前でアストリッドが始めたのは——肩車、だった。ティエンの小さな肩にアストリッドが乗るという見た目はアンバランスな肩車だったけれど、アストリッドがやるよりもティエンのほうがずっと安定するのだから仕方がない。

「ティエンくん、もうちょっと左。あと半歩。それから半歩後ろに——ああ、そう、そう」

「なにをやるってんだい……」

呆れたように見上げたアンドレアに、アストリッドがちょうど自分の目と鼻の先の石材を指差した。天井から垂直にぶら下がっている。

「ここ、わかる？　他の石材より少しだけ出っ張っているんだ」

「そりゃわかるけど……それがなんなんだい？」

「ええとね、こいつは、たぶん……」

出っ張りに両手を当てたアストリッドは、引っ張ろうとして、びくともしないとわかると今度はぐいと上に押し込んだ——すると。

つー。

ほとんど音もなく石材は30センチほど内側に引っ込んで、止まった。

「え……ええ!?」

アンドレアが驚きの声を上げる。

「う、動く、ええ!?　どこを触ったって全然動かないのに、そこだけ!?」

「うん。これくらいわかりやすくなっているとありがたいね。問題はここからだけれど……」

驚いているアンドレアをよそにアストリッドはあちこちをぺたぺたと触ったが、ある一か所でぐいと押し込むと次はその石材が動いた。さらに次は近くの石材が引っ張り出され、その次は、

「うわっとお、お、お、重い！」

50センチほどの石材が抜けたのだった。

「ティエンくん、お願い！」

それをティエンが受け取ると、そっと地面に置いた。まるで軽い木材でも扱うように。

「ふぅ……ティエンくんがいて助かった」

「これくらいたいしたことないのです。でも、なんでブロックが抜けちゃうのですか」

「ああ、そうだね。アンドレアにもそろそろ種明かししようか」

アストリッドはティエンの肩から下りた。

「まず、構造について話をすると――これは石材のブロックを使った立体のパズルなんだ」

「パ、パズル……!?」

「そう。大人ひとりがギリギリ持てるくらいの重さのブロックを組み合わせている。で、もちろん下のほうは自重によってブロックを抜いたりはできないから、上のほうから順にやらなければならないけどね」

「いや、でも屋上のブロックは取れないってさっき……」

「そのとおり。最初のピースは内部にあるんだ。内部のブロックが閂《かんぬき》のようになっていて、これを引き抜くことで、おそらく屋上のブロックも取り外しできるようになっているんだね」

「へぇ……」

きょとん、としたアンドレアだったが、

「なんでそんな面倒な造りにしたんだい？　もしかして、そうして組み合わせたほうが強度が増すとか？」

「石材の組み合わせによっては強度が増すことも考えられるけど、これほど精密に石材をカットするコストを考えたら、強度の増加は、掛かる手間のリターンとしては見合わない気がするね」

アストリッドは苦笑する。

「それじゃあ、なんで……」

「うーん、設計図を見たわけではないから推測でしかないけれど、解体と再構築が可能な給水泉なのかもしれない」

「解体と再構築が可能……？　それができるとなんなんだい？」

「ふふ。わからないけれど、発明家らしい遊び心――」

と、アストリッドが言いかけたときだった。

ふと、両親の言葉を思い出した。

――発明をしたいという情熱があるかどうか。それこそが人を、発明家なのか、そうでないかを分けるんだよ、アストリッド。

この言葉には続きがあったのだ。

――情熱に、少しの遊び心があれば完璧だね。

と。

どうして今その言葉を思い出したのか、アストリッドにはわからなかったけれど。

「じゃあ、このあたりの出っ張りも動くかもしれないってことかい!?」

ぐぐっ、とアンドレアが石材を押した。

「あっ、ダメだよ!」

「え」

「不用意に押してしまったらなにがあるかわからないんだ！　上から順にやらないと――」

言いかけたときだった。外から悲鳴のようなものが聞こえて来た。

「――神像が!?」

「――逃げろッ！」

「――倒れる!!」

次の瞬間、給水泉にかすかな揺れ。

マズい――。

石材のパズルを進めた結果、給水泉そのものが崩れたり、パネルのように取り付けられている外側の神像部分が外れる可能性をアストリッドは考えていた。だから、給水泉の解体を進めるならまずは人を遠ざけたり、櫓を組むなりすることが必要だ。

それがない今。

あれほどの巨大なパネルが倒れたらどうなるか――。

アストリッドの思考は刹那のもので、

「みんな、逃げ――」

次には彼女は声を発しようとしていたのだけれど、それよりも速く動き出している人物がいた。

ティエンだ。

床を一蹴りしたかと思うと、彼女はすでに給水泉の外にいた。

ゆらりと倒れていくパネルの影が大きくなる。水を持ったバケツをぶちまけ、転んだ女性がそこにはいた。

誰かが逃げろと叫んだ。だが女性は動けず、呆然とパネルを見上げている。そこに飛び込んだティエンは両手を天へと掲げ――加速して落ちてくるパネルを受け止めたのだった。

衝撃が、ティエンの身体を伝って地面へと到達する。

ズンッ、と地響きがあった。

「――ぐう」

だけれど、ティエンは動かなかった。完璧にパネルを受け止めていた。

「あ、あ……あ……」

「早く、逃げる、のです」

「あ、は、はい！」

這うように女性が横へと逃げていくと、ティエンはじりじりと横にずれて、パネルを下ろしながら自分の身も回避することに成功した。

パネルが砂埃を巻き上げた。

「お……おお」

「うおおおおお！」

「すげえ！　なんだあの嬢ちゃん！」

爆発的な歓声が上がった。

「だ、大丈夫かい、ティエンくん」

アストリッドはティエンに駈け寄った。

「ん……ちょっと手がしびれたけど大丈夫です」

「よかった――」

「ごめん！　ほんとうにごめん！　アタシが不用意に触っちまったせいで……」

泣き顔のアンドレアが這いつくばりそうなほどに頭を深く下げる。

その隣では、逃げるのに成功した女性も頭を下げている。

「ありがとうございます、ありがとうございます。あなたは命の恩人です」

「いい。アンドレアも。みんな無事だったからよかったのです」

「いや……これは、私もアンドレアも反省しなきゃいけない。発明家はなによりも人の安全を最優先にしなければいけないんだから……。ティエンくんがいなかったら大変なことになっていた」

　アストリッドはその場に座り込んでしまった。

　もしこれで事故になっていたら……直接的にはアンドレアのミスだが、ちゃんと説明しなかった自分のミスでもある。

　するとティエンが、

「なに言ってるの？」

「……え？」

「チィがいなかったら、なんてこと考えても意味はないのです。チィはここにいるんだから」

　きょとんとした顔で言った。

「これくらいたいしたことないのです。チィがいれば大丈夫なら、今は大丈夫なんだからね」

「ティエンくん……」

　ティエンの身体能力が優れていることはわかっていたし、彼女に頼ってきたこともこの短い旅の生活でも幾度となくある。

　だけれど今までは「アストリッドが依頼して、ティエンが実行する」というものだった。

（こんなふうにティエンくん自らが動いてくれるなんて……いや、私自身がティエンくんを見くび

っていたんだ）

なんて――心強いのだろう。

彼女が発明の現場にいてくれたらそれだけで事故が激減するのだ。

そう、ティエンと出会ったイズミ鉱山でも、彼女は誰よりも早く「ニオイ」の変化に気づいていた。水難が起きるかもしれないと。

「おいおい、これはいったいなんの騒ぎだ!? アンドレア、お前、ケガはしてねえだろうな」

そこへ屋台の店主――レストランのオーナーにしてアンドレアの幼なじみの店主がやってきた。

「大丈夫だよ……アタシはね。この子がいてくれて助かったんだ」

「そ、そうか。にしてもお前、泣いてるじゃねえか」

「な、泣いてなんかないっての」

「いいや泣いてるよ。ほら、顔拭け」

「泣いてないよ！」

そう言いながらアンドレアは、差し出された手ぬぐいを受け取ると顔をごしごしとやった。

「いったいなにがどうなってやがるんだ……？」

店主がアストリッドを見てくるので、

「実は――」

アストリッドは顛末を話した。

給水泉の内部で石材を解体しようとしたこと。そのはずみでパネルが外れてしまったこと。ひとりが巻き込まれそうになったがティエンが助けてくれたこと。

「このお嬢ちゃんが⁉　すげえなあ！」

「おお、そうだぜ。この子のパワーは半端じゃねえ」

「ウチで手伝いやらねえか？」

驚く店主だけでなく、いつの間にか周囲には多くの住民が集まっていた。

褒めそやされたティエンは恥ずかしがってアストリッドの背中に隠れてしまったけれど。

「しかしよ、給水泉の解体ってどういうことだ？　こいつは壊すって聞いたんだが……」

店主の疑問にはアンドレアが答えた。

「壊すしかないって結論だったんだ、発明家協会ではね。だけど、このアストリッドが解体方法を見つけてくれたんだよ！　今日、初めて内部を見たっていうのにさあ！」

今度はアストリッドに注目が集まった。そして論より証拠とばかりに、アンドレアは給水泉内部から石材のひとつを持ってきた。

「ほら！　こんなふうにブロックに分解できるんだ！」

「ってことは、給水泉を別の場所に移せるってことか？」

店主が応じると、周囲はざわざわした。

「──これ、壊さなくて済むのか？」

「──ずっとここにあったのが壊されるって、寂しいと思ってたんだよ」

「──朝ここで水を飲まねえと一日が始まったって気がしねえ！」

そのざわめきは大きくなっていく――のだが、

「ちょ、ちょっと、なんの騒ぎですか!?　アンドレアさん、給水泉に入ってもいいけど騒ぎは起こさないでくれって言いましたよね!?」

やってきたのは発明家協会の副支部長だった。

「いいところに来たじゃないか！　副支部長、これを見てくれよ、こいつはバラせるんだよ。アストリッドが見抜いたんだ！　これなら別の場所に給水泉を移せる――」

「給水泉の取り壊しは決まっています」

「いや、だから壊す必要はなくて……」

「これは協会の決定です。今さら覆せません。それに……フレヤ王国の方が見抜いたと？」

副支部長はアストリッドを、苦い顔で見てから首を横に振った。

「はあ……。神像パネルを壊しておいて見抜いたもなにもないでしょう」

「こ、これはアタシの不注意でやっちゃったんだよ……アストリッドは悪くない。それにパネルは倒れただけで、壊れちゃいない」

「事故が起きたことは事実です。支部長や、他の発明家が戻ってくるまでは給水泉は使用禁止にするしかなさそうですね」

「そんなっ……！」

アンドレアだけでなく、他の住民たちからも非難の声が上がった。給水泉が使えなくなって困る人は多い。

「あちらにある新しい給水泉を使っていただきたいです」

副支部長が、誰も使っていない公園の水飲み場のような給水泉を指差すと、

「おいおい、ふざけんなよ。あんな御利益のねえ水なんて飲みたかねえよ！」

屋台の店主が声を荒らげると、周囲で「そうだそうだ」と声が上がる。

さすがにこれほどの反発があるとは思わなかったのか、副支部長はたじろいだ。彼からすると、事故が起きたので安全に配慮したい、近場に別の給水泉があるからそちらを使って欲しい——というあまりに当然の判断をしただけだった。

その判断に、感情が含まれていないというだけで。

だけれど屋台の店主も、住民も、誰ひとり納得できなかった。

「アストリッドさんよ、こいつを解体できるんだよな!?」

「ええ。できると思います」

「ってことは、移設もできるってことだよな！」

「できるでしょうね。おそらく、それを考えてこの給水泉は設計されています」

アストリッドは給水泉を見上げた。

「取り外しのできるパネル。大人ひとりが持てるくらいの重さの石材ブロック。簡単に移設ができます」

どうして給水泉なんて巨大なものの移設を考えて設計したのかは全然理解できないですけどね
——という言葉を口にする前に、住民たちがざわざわした。

「――それじゃあ、新しい給水泉のところに持っていけばいいじゃねえか」

「――またこの給水泉を使えるってこと？」

「――やろうぜ！」

誰かが言った。やろうぜ、という言葉。それで住民たちは火が点いた。

「俺たちはどうしたらいい!?」

店主に詰め寄られたアストリッドは、

「え、勝手に移設なんてしたらマズいでしょ……ねえ、アンドレア？」

「あっちの新しい給水泉はアタシが取り外しておくから、アンタたちはアストリッドを手伝ってやって！」

むしろノリノリだった。

泡を食った副支部長が叫ぶ。

「こ、こんなことは許されませんよ!?　この神像も引き取り先が決まっているんですから」

ああ、そういうことか――とアストリッドは納得した。

副支部長がこの給水泉の取り壊しにこだわっていた理由はそこにもあるのだ。この神像はすでに売られた後だったのだ。

発明家協会としては当然のことかもしれない。自分たちの管理下にある給水泉が都市開発の邪魔になり、結局取り壊さなければならなくなった。その際、パーツを引き取りたいと申し出る人物がいれば、当然そちらに渡すだろう。

「な、なんだって!?　協会がそんなことを勝手に決めたのかい!?」

「仕方ないでしょう、アンドレアさん。ただでさえ取り壊すのにお金が掛かるんですよ。神像だって場所を取るんですから、引き取っていただけるならそっちのほうがいい」

「だけど、これは市民のものじゃないか……」

「管理は、代官様から発明家協会に一任されていました。水の引き揚げに使われている魔石だって協会がずっと負担してきたんですから」

「で、でもさあ」

「百歩譲って、この給水泉を移設することを許可したとしても、神像は許可できません。すでに引取先であるヴィク商会と話は済んでいるんですから」

「ううう」

アンドレアが言葉を失うと、

「んん？　ヴィク商会？　どこかで聞いた名前――」

アストリッドが言いかけたときだった。

「――ヴィク商会のブリッツガード支店には私から話を通しましょう。だから、この神像は自由に使っていただいて構いませんよ」

住民たちが集まっている向こう側、停まった馬車から降りてきたのはひとりの若者だった。

こんなところに護衛もなく貴族が現れるわけもないから平民であることは間違いないのだが、彼の着ている服はとんでもなくきらびやかだった――それこそ貴族と間違われるほどに。

オールバックになでつけた髪はその人物の印象を大きく変えていたのだが、それでもアストリッドには彼が何者なのかはすぐにわかった。

「げっ、ファースさん!?」

「『げっ』とはなんですか。少なくともレディーが発していい言葉ではありませんよ……」

呆れたように言いながらファースはこちらへとやってくる。

「あなたが発明家協会の副支部長ですね」

「は、はい……そちらさんは」

「ファース＝ヴィクと言います。ヴィク商会には浅からぬ縁がある者です……首都サンダーガードでこちらの協会支部長とも顔を合わせましてね、少々話をしました」

「ヴィク商会の、親族……!?　で、ですが商会とはすでに話が済んでいて……」

「私が改めて話をつけてくるので問題ありません。こういった神像……市民の憩いとなるようなものを商うのは、私の父があまり好んでいないことをウチの支店長も知っているでしょうし」

「な、なるほど！　売買契約がなくなり、支部長も知っていることであれば問題ありません！」

「支部長には私から手紙を出しましょう」

「よろしくお願いします！」

ファースの父が、ヴィク商会のトップであることを匂わせる発言に、発明家協会の副支部長は背筋を伸ばした。

「――というわけで、アストリッドさん」

ファースは、アストリッドとティエンの前にやってきた。

「やりましょうか、移設」

「…………」

むむむ、とアストリッドは唇を尖らせた。なんだかいちばんいいところをファースに持って行かれたような気になったのだ。

「やろうよ、アストリッド！　いいねえ、こんなイケメンの知り合いがいるなんて！」

アンドレアに背中をどやされたのもまたムッとする要因だった。


「――おおい、順番通り並べろよ！」

「――パネル下ろすぞ！　いーち、にーい、さーん！」

「――近寄ったら危ないですからね、離れていてくださいねえ」

給水泉は途端に作業現場へと変わってしまった。

住民たちは総出でこの移設作業に協力してくれている。先ほど、ヴィク商会のブリッツガード支店長もやってくるとファースにぺこぺこと頭を下げて神像の件はもちろん問題ない、その代わりお父様に一言お願いします、これ、最近手に入れたものでファースさんにこそふさわしいと思います――とプレゼントを渡しながら抜け目ないことを言って去って行った。

「…………」

むっつりとしているのはアストリッドだけである。

彼女がいるのは給水泉の屋上で、いくつか飛びだしている石材と、すでに穴の空いた部分とを確認しながら、石材ブロックを引っこ抜いてはティエンに渡している。ティエンはそれを、下にいる住民に渡し、住民はそれを持って移設先へと持っていくのだった。

「やれやれ、アストリッドさんはいまだにふくれているんですか」

ハシゴを登ってきたのはファースだった。豪華な服を脱いで、シャツとズボンという姿だった。そのシャツもしっかり袖をまくっており、作業する気満々というふうである。

「……別に。というより、どうしてあなたがここにいるんだい」

「おや、どうして私がここに来たのか、その理由を知りたいと?」

「そう言ってるでしょ。だってあなたは冷蔵魔道具を製品化するからウォルテル公国に残ったじゃないか」

「ええ、そのつもりでしたよ——」

ファースはにっこりとしてから、

「——ニナさんたちがトゥイリード様と接触し、賢人会議に関わっているなんてことを知らなければね！」

「!?」

「アストリッドさん、あなたがついていながらどうしてニナさんをそんなに目立つ場所へと連れ出したのですか!?　聞いてみれば、テロ騒ぎがあって、そこでエミリさんの魔法が炸裂し、ニナさんもケガ人救護に大活躍だったそうじゃないですか!!　しかも賢人会議の期間にはウォルテル公爵も、マークウッド伯爵も皇城に来ていたというじゃありませんか!?　心配になって私が追ってくるのも無理はないと思いませんか!?」

「うっ……」

そこを突かれるとアストリッドとしてもつらい。こちらとしてはやむにやまれぬ事情があるのだが——ドンキース侯爵に目を付けられてニナが求婚され、そこをぎりぎりのところでグリンチ騎士団長に救われた、みたいな事情である。でもその事情をファースに伝えたら墓穴をさらに深く掘るだけなので黙っている。

「……でも、ね。皆さんが無事でよかった」

心底安心したようにファースは言いつつ、笑った。それは少年のような笑みだった。

悪いことをしたな——と思ったアストリッドは、

「ファースさん……」

「まあまさか、あなたがブリッツガードの街の真ん中で騒ぎを起こしているとは思いもしませんでしたけどね！」

すぐににらまれた。悪いことをしたな、とか考えてる場合じゃない。

「ま、まあ、しょうがないでしょ？　ここにこんな面白そうな発明があったんだから」

「発明？　この給水泉がですか」

アストリッドはうなずきながらファースに石材ブロックが立体パズルのように組み合わさっていることについて説明する。ブロックは真っ直ぐなものだけではなく、直角に曲がったもの、T字形のもの、コの字形のもの、とにかく様々な形があった。

ぽんとひとつ手渡されたファースはそれをしげしげと眺めつつ、

「確かに、すごい加工の手間ですね。それを移設可能にするためだけにやったと？」

「うーん……わからないけどね。さあ、どんどんバラしていかないと日が暮れちゃう。御貴族様のファース様は下でお休みください」

「ご冗談を。こういう現場こそ私の力の発揮しどころですよ。あの贅沢な服は、いろいろと都合がいいから着ていただけです。そう、たとえば凄腕のメイドさん一行を追うのに情報収集するには便利だったりね」

「うっ」

今日はファースに頭が上がらなそうである。

「それで、ニナさんは？」

「ニナくんはエミリくんといっしょに宿にいるよ。今日はふたりきりにしてあげるんだ」

「そう……なんですか。残念ですね」

「あれ、もしかしてすぐにもウォルテル公国に帰るのかい？　それは残念だなぁ。ちょっとくらいならニナくんに会っていってもいいって言おうと思っていたんだけど」

ここぞとばかりにニヤニヤしながらアストリッドが言うと、

「いえ、私はしばらくいますよ」

「……へ？」

「しばらく、皆さんに同行しようと思います」

「ええっ!?　な、なんで……」

「皆さんの行動が危ういからです。この意味、わかりますよね？　少なくとも私が安心できるまではいたいと思います」

「うう……」

「さあ、解体作業を続けましょう」

「この人怖い……」

「怖い？　怖くないでしょう。保護者ですよ」

「怖いわよ！　どうして私たちがブリッツガードにいるってわかったの!?」

「そりゃ、アストリッドさん。あなたがいるから、ですよ」

「……え？　なにそれ、どういうこと？」

「ふむ……？　まあ、解体を終わらせましょうか」

「え？　なになに？　ほんとにわからないんだけど——」

ファースはさっさとハシゴを下りていってしまった。アストリッドは腑に落ちないことばかりだったが、ファースと話さずに済むならそっちのほうがいいので気にしないことにした。

それから解体を続け、ついに壁面のパネルがすべて外れ、壁も解体され、離れた新しい給水泉に石材ブロックが並べられていった。

給水用のパイプもきれいに取り外しができる構造になっていて、浮いていた錆《さび》を住民たちがおとしてくれている。

「残りは床面だね」

時刻は夕暮れ時だ。アストリッドとしては解体と移設は今日中に終わらせたいと思っていて、住民たちは大きなかがり火まで用意した。

夕食を始める住民もいた。屋台の店主がホットサンドをアンドレアに運ばせて、ここで商売を始めているあたりなかなかしたたかである。アンドレアもアンドレアで、「アタシをこき使ってさあ」なんて言いながらも楽しそうにしている——きっと、ここではお互いの肩書きを気にする必要がないから、なんのわだかまりもなく接することができるのだろう。

ファースはファースで「ブリッツガードの名士に顔を売ってくるチャンス」だと言って、すでにここにはいない。商売上の理由はもちろんあるだろうけど、ここの給水泉移設について話を通してくれるのではないかとアストリッドは思う。それくらいの気遣いができるのがファースだ。

ちなみに今日大活躍のティエンは、先ほど盛大にぐうううとお腹を鳴かせたので、住民たちから「これ食べるかい？」「うちで焼いたパンだよ」「まあよく食べるねえ」といろいろ与えられて片っ端から食べて満足そうにアストリッドの横で寝転がっている。先ほどから動かないので寝ているのかもしれない。

「まったく、のんきだねえ。ここからが本番だっていうのに」

アストリッドはひとり、床を見つめていた。

壁面の解体が進んで、数か所に空洞があって、ブロックを動かしていくパズルになっている。だがこれまでとは段違いの難しさだった。

まるで「ここから先は魔道具の心臓部分。そう簡単にはいかせない」とでも言われているかのような。

「むしろ燃えちゃうけどね～」

アストリッドは腕まくりしてパズルに取りかかった。壁をバラしていく速度よりもゆっくりではあったけれど、彼女はひとつずつ石材ブロックを抜き取って横に積み上げていく。

日はゆっくりと暮れていく。東の空は群青色になり、西の空はまばゆい茜色となった。

やがてアストリッドはマンホール状の魔道具に手を掛ける。

それを引っこ抜くと――そこには。

「おお……」

魔石をはめ込む部分から下、水を引き揚げる真空ポンプの構造が現れる。

長い年月でうっすらとホコリをかぶってはいたけれど、ほとんど密閉されていたこともあって劣化は少ない。

中央の機構には８本のパイプが接続されていた。

「よくできてるなぁ……無駄がまったくない」

構造を確認して唸っているアストリッドは、ふと、魔道具の下の空間に包み紙があるのを見つけた。

「なんだこれ」

手に取ってみると、それは油紙だった。きっちりと結ばれていたヒモをアストリッドはするりとほどいた。

かがり火の明かりの中、アストリッドは包み紙を開く――と、紙の束が現れた。

「……これは」

設計図だ、とすぐにわかった。

この給水泉の設計図であることは間違いなかった。パズルを組み立てる道筋をひとつひとつ丁寧に書いてあるのだから。

「………………」

だけれどアストリッドにとって驚きはそれ以上のものだった。

設計図の書き方。

注意書きの文字のクセ。そのひとつひとつに見覚えがあったのだ。

設計図の署名には、こうあった。

『ビョルン＝マホガニー、イングヴィルド＝マホガニー』

アストリッドの父と、母の名前だった。

自分に魔道具の開発について教えてくれた父の横顔。魔術回路の書き方を教えてくれた母の手。

多くの弟子を指導していた父の背中。夜遅くまで論文を書いていた母の背中。

風邪で寝込んだアストリッドにパンがゆを作ってくれた父。

発明家なんて絶対に好きになったらダメよと笑った母。

３人で買い物をしたこと。３人で外食をしたこと。

そんな記憶が一気に胸にあふれてきた。

最後の記憶は、両親が発明家として招聘《しょうへい》された他国への長い旅。16歳だったアストリッドは「ひとりでもへーきへーき。それよりこの発明をやっちゃいたいから」と両親を送り出した。だけれど両親は帰らぬ人となった——旅先で流行病に罹ってしまったのだ。ふたりは無理をしてでもフレヤ王国に戻ろうとした。アストリッドのいるところへ。だけれどそのせいで病状は悪化して、亡くなってしまった。

「——あれ」

床に座り込んでいたアストリッドのズボンに、ぽつり、ぽつりと染みができた。それが自分の流した涙だということに気づくのに少しの時間が必要だった。

両親が死んだと聞いたときにも涙は出なかった。遺体は、流行病であったことから火葬され、異国の地で埋葬されていた。両親がアストリッドに宛てた最後の手紙には、ひとりにしてしまって申し訳ない、愛していると、それだけ書かれていた。

死に、現実感がなかったのだろう。

それからのアストリッドはますます発明に打ち込んだ。ひたすらに発明に打ち込んだ。胸にぽっかりと空いた穴は埋まらなかったけれど、それでもせっせと発明をして、その穴になにかを放り込んで埋めようとした。

外から見れば気丈に振る舞っていたアストリッドも、家は散らかって、庭は荒れていった。

「…………」

設計図が濡れないように、アストリッドはハンカチで目元を拭った。

両親は、ここにいた。

確かにここにいたのだ。

設計図の最後の1ページにはこう書かれてあった。

『この設計図は父と母のものの写しである』

オリジナルは祖父母の設計図なのだろう。そしてブリッツガードに立ち寄ったアストリッドの両親は、設計図の写しを作成してここに残した。

祖父母の設計図は何十年も前に火災で消失したはずだが、どこかに残っていたということになる――あるいは火災での焼失を聞いた両親が写しを作ってここまで持って来たのかもしれない。

それに、だ。

アストリッドは上から順にパズルを解いていった。だけれど、この給水泉が分解されたという話は住民の誰も知らないので、両親はこの給水泉の壁面構造には手を触れず、直接魔道具部分のパズルを解いて、この包み紙を置いたということになる。そういう解法があるのだろうけれど、アストリッドにはわからなかった。

参ったな、と思う。

両親の、祖父母の背中はまだまだ遠いのだと思い知らされる。

「………………」

発明家が亡くなっても、発明品は残る――そんな当たり前のことをアストリッドは改めて実感した。自分が死んだあともきっと、発明品は残るのだと。

「！」

そのとき、背中からそっと自分を抱きしめる気配を感じた。

「……チィたちはどこにも行かないから。大丈夫だからね」

ティエンだった。その温かさと柔らかさに、また感情が込み上げてくるのをアストリッドは感じる。

「うん、わかっているよ。ありがとう……ティエンくん」

アストリッドは自分が泣いているのを見られたかもしれないという恥ずかしさよりも、その理由を知らずとも、こうして人の悲しみに寄り添えるティエンがいてくれることをうれしく思った。

「――えっ？　いつの間にあんたたちはそんなに仲良しになってるわけ？」

「!?」

とそこへ、聞き覚えのある――よーく聞き覚えのある仲間の声が聞こえてきた。

「エ、エミリくん!?　どうしてここに」

「だってさあ、給水泉でヨソ者の発明家が騒ぎを起こしてるって聞いたから、そりゃ様子を見にくるでしょ？　ニナを追っかけてたご婦人方も退散した後だったしね。……でもこれはお邪魔だったかしら」

「アストリッドさん、どうされたんですか!?　なにがあったんですか!?」

「ニナくんも!?」

あわてて、もう一度顔をごしごしとこすったアストリッドは――ふたりに笑って見せた。

大丈夫だよ、と言うために。

それは同時に、天国にいる両親に告げる言葉でもあった。


給水泉の移設は無事に終わった。新たな設計図が見つかったことにアンドレアは狂喜乱舞したが、アストリッドが設計図も見ずに解体した給水泉をまた組み上げていくのを見て驚愕した。

「お、お、覚えてるのかい!?　ブロックの順番を全部!?」

「え？　それは覚えてるでしょう。自分で解体したんだもの」

当然のように言い放ったアストリッドにアンドレアは呆然としていたが、「これが才能の違いってヤツだな」と屋台の店主がしたり顔で言ってきたのでその足を蹴った。

新たに給水泉ができると、夜だというのに多くの住民がやってきて水を汲んでいった。やはり神様の水は違うと言って。それを、「水質は同じ」と言ってしまうのは野暮というものだろう。

「いやあ……すばらしいですね。給水泉をたった半日で移設してしまうなんて聞いたこともありませんよ」

ファースがやってきた。

「別に……これは設計者の腕がよかっただけだから」

「おや、アストリッドさん。その様子では給水泉の設計者がお祖父様とお祖母様だと気づかれたんですかね？」

「え!?　ファースさん、知ってたの……!?」

「知っていたというより、推測でしたけどね。あなたのお祖父様とお祖母様は著名な発明家でいらしたから、帝国内での足跡は記録に残っており――」

「あれ、ファースさんですか？」

「ニナさん!!　お久しぶりです、お元気でしたかっ！」

ファースはニナのほうへ飛んでいってしまった。

「まだ話は途中だっての！　……はあ、まあいいか」

だけど、どうしてファースがここに現れたのか、その理由がわかった。アストリッドたちはニナが追跡されないよう――ドンキース侯爵とかが追ってきそうな気配がぷんぷんしていた――うまく行方をくらませてきたから、ファースがニナの手がかりをつかめたはずはない。だけれど、同行者にアストリッドがいるとなれば、アストリッドの祖父母ゆかりの地を訪れる可能性は高い。だからブリッツガードに来たのだろう。

とは言え、当の本人アストリッドはそれを知らなかったのだけれど。

「アストリッド、仕事が終わったなら飲みましょうよ」

いつの間に出てきたのか、テーブルがいくつも用意されていてそこで多くの住民たちが酒を飲んでいる。声を掛けてきたのはもちろんエミリで、横ではティエンがイスで小さくなって眠っている。ティエンにはエミリのマントが掛けられてあった。

「仕事ってわけではないけどね……ただの趣味だよ」

「その趣味でこれだけの人たちが笑顔になってるんだから、たいしたものじゃない」

差し出されたグラスには白ワインがたっぷり入っていた。

「ちなみにこれ、ファースの差し入れよ。あの人、気遣いの塊みたいな人よね～」

「えぇ……飲みたくなくなっちゃったな」

「お酒に罪はないわ」

そう言われると確かにそうだ。エミリとグラスを触れ合わせたアストリッドはよく冷えた白ワインを口に含んだ。華やかな香りとともに、ミネラルを感じさせる滋味が口に広がった。

「……美味いなぁ」

「どうしたのよ？　お酒飲んで黄昏れちゃって」

「まあ、ちょっと、父と母のことを考えてしまったんだ」

「設計図を書いていたっていう？」

「うん。一度くらいは両親とお酒を飲んでみたかったかもね」

つぶやくように言ったアストリッドに、エミリは、

「……その気持ち、わかるわ」

と小さく答えたのだが、声はあまりにも小さくてアストリッドは聞き取れなかった。

「湿っぽくなってしまったね。そっちはどうだったんだい、エミリくん」

「なにが？」

「ニナくんとちゃんと話し合えたかい？」

「……ずいぶんすんなりティエンとふたりでいなくなったなって思ったら、そんなこと考えてたわけ？　別にいつもどおりよ、あたしたちは。あんたこそどうなのよ。ティエンと仲良くなっちゃってさあ」

「仲良くなったというか……そうだね、ティエンくんは私が思っていたよりも私たちのことをよく見ていてくれてるんだなって思ったし、私はティエンくんの両親捜しを応援したいと思ったよ」

アストリッドもティエンも、両親に会いたくとも会えない。

だけどティエンにはまだ会えるチャンスがあるのだから、その願いを叶えてあげたい——アストリッドは改めて強く、そう思ったのだ。

「そ」

「うん」

ふたりはそれからしばらく黙ってワインを飲んでいた。

住民たちが騒がしく飲んでいる。水を汲みに来ている人たちも笑顔で、発明家協会の副支部長もやってきてはしきりに感心して給水泉を見上げている。アンドレアと屋台の店主はまるで長年連れ添った夫婦みたいに息ぴったりにホットサンドを売り歩いている。

見上げるとそこには星空があって、吹き抜ける風はひんやりとしていた。

秋の気配はすぐそこまで来ていた。

「予定通り明日には出発でいいの？」

「もちろん、いいよ」

「設計図は……」

「この街のために父と母が遺したものだから。私はそれを見られただけで満足だよ。あとオリジナルの設計図もどこかにあるはずだから……まぁ、たぶんフレヤ王国の家か、発明家協会に寄贈されてるんじゃないかな。戻る機会があったら探してみるさ」

発明家としてやるべきことはやりきった。給水泉の謎も解けた。唯一残っていた謎——どうしてこんな手間を掛けてまで、「移設可能」なことにこだわったのか、についても、その設計がアストリッドの祖父母なのだとわかって答えが見えた。

遊び心だ。

もしかしたら、都市開発の未来を予見して「やがてこの給水泉は邪魔になるだろう」とまで考えたかもしれなかったが、それにしたところでわざわざ移設までをすることを考えはしないだろう。

でも「移設できたらきっと面白い」と考えそうなのが、アストリッドの祖父母である——だってアストリッド自身もそう考えてしまうのだから。これはマホガニー家代々の血のなせる業かもしれなかった。

アストリッドは思う。

ブリッツガードに立ち寄ったことも、給水泉を見たことも、すべてが偶然だった。でもただの偶然とは言えない「縁」のようなものがあると信じる自分がいる。それが非科学的だとはわかっていても。

だって、

「アストリッドさん、エミリさん、お食事にしましょうか？　酒場でなにか作ってくださるそうです」

荒れた家でひとり、どこにも行けなかった自分を救ってくれたニナと、

「いいわねぇ、ブリッツガードはなにが美味しいんだっけ？」

旅の仲間であり、なんでも気兼ねなく話せるエミリと、

「ふわぁ……食事、という言葉が聞こえたよ。もうちょっと食べるのです」

ぶっきらぼうだけれど他人の悲しみに寄り添えるティエンと出会ったことに——意味がない、だなんて思えないのだから。

「そうだね、今日はパァッとやろうか」

お酒を飲んでいるときのいつもの笑顔でアストリッドは言った。

第2章　小鳥をめぐるミステリー

濃い霧の中を馬車が進んでいく。整備された石畳だなんて到底言えないが、それでもあるだけマシではある。朝の太陽の光は霧に遮られて弱々しいが、それでも道の周囲にある草原と、茂みと、点在する白樺の木々を見せている。

やがて霧の向こうからこつぜんと洋館が現れる。お屋敷の内部では使用人がすでに働き出しているのだろう、窓の向こうに魔導ランプの明かりが動いていた。

「ここいらは御貴族様の持っているお屋敷ばかりだから、近寄ったらいけませんぜ」

馬車の御者台で手綱を握っている男が言うと、横に座っていたファースが、

「そろそろ避暑の季節は終わっていると思いますが、まだ滞在していらっしゃるのですか？」

「いや、いや。避暑なんて関係なく、今年は御貴族様は来ておらんよ。みーんな首都にいるそうだ。皇帝陛下のなんたらってお祭りのためにさ」

「ああ、在位50周年の記念式典ですね」

「そう、それ。だけどお屋敷にゃ近寄ったらいけねえ。使用人がおるし、もし入り込んだことがバレたら警察行きだよ」

「入ったりはしませんよ」

「そうかい？　アンタはともかく、後ろのお嬢ちゃんはメイドさんじゃないか。てっきり、売り込みに来たのかと思ったが……」

振り返った御者に、座っていたニナは微笑んで返すだけだった。

「まあ、売り込みにゃ、いい時期じゃないわな。御貴族様はいねえから、使用人は少ねえし。それにここ2、3日はぴりぴりしとるし」

「ぴりぴり……？」

「ああ、実はな——」

と言って語り出した御者の話は、ファースだけでなく「メイドさん」一行も聞きたくなるような内容だった。

ウェストハイランドは帝国有数の避暑地であり、標高が高いので気温は低かった。一足飛びに秋も秋、晩秋になってしまったかのようだ。

夜には霧が深くなり、その霧は朝日がぬぐい去ってしまう。事実、ニナたちが宿に戻ってきたときにはきらきらとまぶしい太陽の下、住民たちが働き始めていた——霧に包まれていたことなどまるで夢みたいだけれど、屋根や地面、草は濡れていた。

「先ほどの御者の話……興味深かったですね」

宿の食堂でお茶を飲みながらファースが言った。

「鱗翠尾長《りんすいおなが》という希少な鳥を狙う密猟者が捕まった……。その密猟者は風のように走り、3メートルほどもジャンプしたと……それだけ聞くと、月狼族に勝るとも劣らない身体能力ですね」

御者が言っていた「ぴりぴりしている」というのは、密猟者の出現だった。

幸い、密猟者は捕まったものの、他にも仲間がいる可能性があるために街の巡査も駆り出されて森の捜索が行われているという。

ちなみに、首都サンダーガードのような都市の治安は軍部である衛兵や警備兵が担当しており、警察の力は小さい。けれど、地方の街ともなると武力は領主の私兵だけになるので、街の人たちは警察を頼る。

そのため、ウェストハイランドの警察署長は地元の名士であり、代官が首都に出払っている今は暫定的なトップだった。

「……会えるといいのですが」

ファースの言葉を受けてニナが言う。言いながら、食器を片づけている——いや、ここは宿の食堂なんだからね？　あなたがやることじゃないからね？　とツッコミたくなるのをエミリはぐっとこらえている。なぜならニナの振る舞いがあまりにもなじんでいて、他のテーブルの食器まで回収して洗い場に運び、宿の従業員たちも自然とそれを受け入れてしまっているからだ。どうせニナに言ったところで「メイドなら当然です」と言われるだけだろう。

それはともかく。

捕まっているという密猟者が月狼族であるなら、ティエンの両親についてなにか知っているかもしれない。だから今、アストリッドがティエンとともに警察署に出向いている。朝早い時間帯だけれど当直はいるはずだ。

「それにしても、ファースさんってだいぶ図太いよね。よくあたしたちについてこようなんて言ったなって」

「私ですか？　エミリさん、商人は図太くなければやっていけませんよ」

「それはそうかもだけどさ、あれだけアストリッドに『旅についてくるなんて反対』って言われたのに、まるで平気な顔だったでしょ」

ブリッツガードだけでなく、その先――帝国の国境までは同行するとファースは主張した。さすがにそこで一度ウォルテル公国に戻り、冷蔵魔道具の商品化計画を進めなければならないらしい。

ファースの心配はエミリも理解できる。ニナが、かつて働いていたマークウッド伯爵だけでなく、ウォルテル公爵やドンキース侯爵、さらには「魔塔の主」である賢人ミリアドにまで目を付けられているのだから。それに、賢人会議でアストリッドが「大陸横断鉄道」のアイディアを出したと聞いて、ファースの商魂に火を点けてしまった――もっと話を聞きたくなってしまった――ことも理解できる。つまるところすべて身から出た錆ではある。

けれど、アストリッドとしてはファースもまたニナを手に入れようとしている、警戒すべき「悪い男」なのかもしれない。

それなら冷蔵魔道具の設計図を託したりしなければいいのに、とは思うが、アストリッドはそれで厄介払いをしたつもりだったのだろう。

そんなことを考えていると、ファースがぽつりと、

「平気な顔をしているだけですけどね……」

「え？」

「私だって、あれほど真剣に反対されればちょっとは傷つきますよ。彼女にそこまで嫌われるようなことをしてはいないのですが……」

ほーん、とエミリは思った。

もしやこの男、アストリッドにちょっと気があるのでは……？

「……って、どうしたんですか、エミリさん。ニマニマして」

「別にぃ。旅の面白い要素ができたなぁって思っただけ」

「楽しんでくださるならそれは幸いですけどね。しばらくはいっしょですから、お手柔らかに頼みますよ」

とエミリとファースが話していると、厨房からざわめきが聞こえて来た。

「──もう洗い終わったのかい？　なんだこりゃ、皿が全部ぴっかぴかじゃないか！　アンタすごいねぇ、ウチで働かないかい!?」

誰が皿をぴっかぴかにしたのかなんて、考えるまでもなかった。

「……ニナを心配する気持ちは、あたしにもよーくわかるんだわ」

「……でしょうね。エミリさんの気苦労もうかがえます。ですがアストリッドさんもくせ者ですからね」

「……ええ、発明家って周りが見えなくなるから……」

実はブリッツガードで給水泉の移設が済んだあと、住民たちが総出でブリッツガードに住んでくれないかとアストリッドに申し入れたのだ。「街の誇りを守ってくれた」「他の発明家は給水泉のことをちゃんと考えてくれなかった」「アンタがいてくれればこの先ずっと安心」といろいろと言われて。それらを振り切って街を出るのは意外と大変だったのである。

「まあ、とりあえず先に、あの子をどうにかしなきゃね」

エミリとファースは立ち上がって、宿の人にスカウトされているニナを救いに向かうのだった。

「え？　会わせてもらえなかった？」

お昼近くになって戻ってきたアストリッドとティエンは、意気消沈していた。

密猟の容疑者にはもちろん、警察署長すら会ってくれなかったという。

「皇帝陛下がくださった皇室の紋章も持っていったのよね？」

「え、それも効かなかったんですか？　皇室ですよね？」

ファースが目を瞬かせた。

この国のトップである皇室は、当然絶大な権威を誇る。

「『本物を見たことがないから判断できない』と言われたよ……」

アストリッドはため息交じりに言った。

それほどまでにウェストハイランドはド田舎なのだ。

「それじゃ、巡査たちはどうなの？　捕まってる密猟者の様子とかさ。月狼族じゃなければそもそも会う必要はないんだし」

「そううまくはいかないんだよ。密猟者はフードを目深にかぶっていて、長袖に手袋までしているそうだ。発見時は足を折って谷底でうずくまっていたから身体能力も不明」

「ええ？　だけど取り調べのときくらいはフード外すでしょ」

「まだやっていないんだってさ、取り調べ」

「なんでよ。捕まえたのに調べないっておかしいじゃない」

「ここの代官が戻るまでは手を出せないそうでね……」

「はぁー？」

そもそもウェストハイランドは皇室の直轄地なので、領主貴族はおらず、統治は代官が行っている。警察署長が実質ナンバーツーだとは言っても、代官の権力と比べるとゾウとアリほどに違う。

さらに言うと密猟者のいた森は皇室の所有物であり、禁猟地であり、密猟は重罪も重罪だった。罪の重さを考えると代官が帰ってくる前に警察署長が独断で動くことは——たとえそれが正規の取り調べであったとしても、できない。

「それじゃあその代官はいつ帰ってくるのよ」

「予定は未定。わからない」

「そんなむちゃくちゃな……」

「まあ、手がかりを得られないかと思って牢獄の近くまでは行ったんだけどね。建物の外からぐるっと回ってさ」

アストリッドが期待したのはティエンの嗅覚だった。

同じ月狼族ならば通気窓からニオイがするのではないかと思ったのだ。

「で、どうだったの、ティエン」

「変なニオイがしたのです」

「……変な？」

「街にいる女のニオイがしたのです」

「んんん？　密猟者は女だったの？」

「いや、男だよ。巡査もはっきり言っていた」

アストリッドが補足した。

「密猟者の話も聞けない。代官が帰ってくるまで手も出せない。代官はいつ帰ってくるかわからない。牢獄の外では変なニオイがした……」

エミリは腕組みをしてうーんと唸ったあと、

「……つまり、事件は迷宮入りね！」

「なんで偉そうに言うんだい？」

アストリッドが呆れていると、ニナがお茶を運んできた。

「すこし休憩しましょう。アストリッドさんもティエンさんもお疲れ様でした」

「ありがとう、ニナくんのお茶がなによりのご褒美だよ」

「…………」

アストリッドが美味しそうにお茶を口元に運んだが、ティエンは手にしたカップを見つめたまま
じっと動かなかった。

「──ティエンさん？　どうしました？　お茶ではないほうがよかったでしょうか」

「ううん。そうじゃないのです。ただ……いつもチィのことでみんなに迷惑かけている気がして
……だから早く次の街に行ったらいいいと思う」

「そんな、迷惑なんて……」

「そうだよ、ティエンくん。誰も迷惑だなんて思っていないさ。これくらいで迷惑だなんて言って
いたら……」

「えっ？　ア、アストリッドさん、なぜわたしを見つめるんですかっ⁉」

「そっか。ニナと比べたら、チィなんてたいしたことはなかったね」

「ティエンさぁん、変な納得をしないでくださいぃ〜！」

つい今し方まで肩を落としていたティエンが小さく笑っている。

「……なるほど、わかったわ！」

すると突然エミリが言った。

「わかった、って……なにがだい？　さっきエミリくんが自分で『迷宮入り』とか言っていたじゃ

ないか」

「そう……密猟者の正体はまだわからないわ。まだね」

ちっちっちっ、と人差し指を立てて左右に振るエミリ。

「もったいぶるねぇ」

「あたし、突破口を見つけたのよ！　警察署長にお願いして、密猟者にちょこっと会わせてもらうためのね……！」

「いや、『お願い』するもなにも、警察署長は私たちに会ってもくれないんだよ？」

「アストリッドはまだまだ甘いわねえ」

ドヤ顔で言われたアストリッドはちょっとだけイラッとした。

「押してダメなら引いてみろ――警察署長のほうから、会いたいと言わせればいいのよ！　そう、ここにいる逸材を使ってね」

その人差し指でびしりと指したのは、

「……私、ですか？」

ファースだった。


ウェストハイランドは貴族の別荘が点在するような土地ではあったけれど、ニナたちが泊まるような宿もあれば、そこで暮らす人たちのための店もある。街としては小さいが、お屋敷で足りなくなったちょっとした物品を買ったり、使用人たちが息抜きをするにはちょうどいい大きさではあった。

「あのー、ここにメイドのお仕事はありませんかね……？　わたし、首都のほうから来たのですが」

「メイドぉ？　そりゃアンタ、こんな小さな商店にメイドの仕事なんてないよ。メイドが働くのは御貴族様の別荘だけど、あそこのメイドは御貴族様が首都とか、領地とかから連れてくるしねえ」

「そうですか、ありがとうございます——」

商店を出たニナは、ふう、と息を吐いた。こうしてメイド仕事を探すこと、5軒目。もちろん仕事なんてあるわけないとわかっているのだけれど、これがニナに任されたミッションだった。

「……ほんとにうまくいくのですか？」

ニナに同行しているのはティエンで、今はふたりだけで行動している。

「幽々夜国《ゆうゆうやこく》でニナの師匠が待ってるのに、やっぱりチィのために滞在を延ばすのは……」

「いいんですよ。わたしのお師匠はすごい方なんです。わたしに来て欲しいとは言っていましたが、数日遅れるくらいはたいしたことはないです。それよりティエンさん、あれ見てください！　あそこで売っている果物、高地でしか採れないものですよ」

そう言ったニナは心から街の散策を楽しんでいるようだったので、ティエンはすこしほっとするのだった。

そのころ、ウェストハイランドの警察署。

警察署とは言っても、この小さな街で起きる事件なんて旅のヨソ者が酔っ払ってケンカを始めるとかその程度であり、建物自体は3階建ての小さなものだった。

犯罪者を収監するための牢獄も1部屋しかない。

そんな街の警察署長なのだから、代官の意向も聞かずに好き勝手やるなんてことは到底できるはずもなかった。

「まったく……旅の発明家が私に会いたいなどと、身の程知らずな。私は忙しいのだ」

背が低く小太りで、巡査たちからは「ワイン樽署長」と陰口を叩かれている警察署長は、執務室でひとり新聞を読んでいた。

この警察署には、今は5人しかいない。自分と、事務員がふたり、それに巡査がひとり、さらには収監者がひとり。

他の巡査は森に出払っていて、密猟者の捜索中だ。

「ふー……密猟者のことを思うと集中できん」

ぱさりと新聞を下ろした。彼が読んでいたのはゴシップ欄で、貴族社会や首都の有名な歌姫、演奏家などのことが書かれてあった。

「あ〜、ワシはリッコロ子爵家の令嬢がどこに嫁ぐのかが気になっておるんだがな〜」

こんなふうにゴシップ記事をもとに社交界事情を知っている「通」ぶるのが署長の趣味だった。

だからこそゴシップ記者ですら書けない、書いてはいけない「皇室」がどれほど上の存在なのかをわかっており、旅の発明家が「皇室の紋章を持って来たから会いたい」なんて言うのは荒唐無稽だと信じ切っている。「いいんですか？　本物みたいですよ？」なんて取り次ぎに来た事務員は言っていたが、「社交界のなんたるかも知らんクセに」とその事務員を鼻で笑ったのである。

「密猟者などもってのほかだ……せめて代官様がいるときにしてくれ」

窓の前に立って長々と息を吐き、口元のヒゲをなでた。

皇室所有の森で密猟が起きた。しかも密猟者は希少な鱗翠尾長を狙っていた。鱗翠尾長は希少なだけでなく、その美しさから毎年皇室に献上している鳥だった。

非常に由々しき問題である。代官がいれば代官の管理責任にもなるが、今はいない。すべての管理責任は警察署長である自分にある。

だから署長は念のため、森を調べさせている。他にも密猟者がいる痕跡が見つかったら、住民総出で大捜索でもしなければならない。

「見つかってくれるなよ……」

もし密猟者が他にいても、いなくても、なんの痕跡も見つからなければ収監している密猟者が単独犯だということになる。署長は「成果ゼロ」を祈った。

「……ん？」

そのとき警察署の前に高価そうな馬車がやってくるのが見えた。付き人が扉を開けると、中からは身なりのよい男性が現れる。滑らかなスーツに羽根飾りのついた帽子をかぶっていた。ステッキを手に掛けて歩いている姿は堂々としており、これはなかなかの名士だぞ、と署長はピンと来た。

大急ぎで自分の身なりを整え、新聞をデスクの引き出しに入れ、ダミーの書類を出し、インク壺を開けてペンを手元に転がしておいた。そのタイミングでコンコンとノックされ、許可もしていないのに事務員が入ってくる。

「あの～……」

「なんだね」

「えっ、署長？」

「なんだね、と聞いている」

事務員は「おかしいな、この時間はいつもなら新聞を読んでダラダラしてるのに……」とぶつぶつ言ったが幸い距離があって署長には聞こえなかった。

「首都から署長に会いたいという者が来ておりますが」

知っている。さっき窓から見ていたから。

「ふむ、なんという者だ？」

「それが、名前は言えないと……怪しいですよね？」

「！」

ピンと来た。

（名前を名乗れない。着ている服は最高級品で、立ち居振る舞いは一朝一夕で身につかない上品な仕草。つまり相当に貴き御方！）

署長はコホンと咳払いをした。

「お通ししなさい」

「えっ!?　名前も名乗らないようなヤツですよ？」

「問題ない」

「ええ？　皇室の紋章は通さないのに？」

「早くしなさい！」

「はーい……」

「それとお茶も淹れなさい。最高級の茶葉を！」

はぁ？　という顔を事務員はして、「ウチにそんな高級茶葉なんてあるわけねーじゃん……」と言いながら去って行った。

「まったく……本物がわからん者はこれだから使えないんだ」

再度コンコンとノックがされた。

「署長、お連れしました」

「おお、これはこれは」

ドアが開いて若い男が入ってきた。自信に満ちており堂に入った歩き姿だった。

署長は自分の直感を確信する――これはとんでもない貴き御方が来たぞ、と。別荘地の貴族を何人も見てきた自分だからこそわかる、と。

若い男は言った。

「……よろしかったので？　私は名乗りも上げておりませんが」

「いいえいえ、事情がおありだということはよくわかっております――ハッ!? あ、あのぅ、その指輪はもしや……」

「お目が高い。こちらはつい先日手に入れた、金剛石《ダイヤモンド》の指輪です」

透明でありながらも反射する光はまばゆいほどで、リングに一粒のっているだけだというのに存在感はすさまじかった。

金剛石――この宝石の存在は知られていたけれど、首都にすらほとんど流通しておらず、署長が実物を見るのはもちろん初めてだった。

「署長、お茶をお持ちしました」

そこへ事務員がやってきた。

「あ、ああ……」

署長は金剛石の輝きに魅せられていたが、我に返った。

応接スペースに向き合って座ると、客の服装が豪華であることがはっきりわかる。

(品が悪い高級品ではなく、上質さを優先している。これはすごい御方とお近づきになれるかもしれんぞ)

勝手に盛り上がっている署長は、新聞に連載されている「貴い人がお忍びで悪人をバッサバッサ倒していく」物語が大好きなのである。

「それで、そのぅ、お客様はどうしてこのような場所にいらしたのですか?」

「ああ、私はファー……ファルコンとお呼びください」

「隼《ファルコン》殿でございますか。なるほど……ここには長居されないおつもりですね」

署長はこれまた勝手に深読みした。

「……まあ、そんなところではあります。が、少々悪いウワサを聞きましてね」

「悪いウワサ、でございますか？」

「ええ。我らが太陽である皇帝陛下がご所有の森に、無断で立ち入った者がいるとか……」

「!?」

誰だ、この御方の耳にそんな情報を入れたのは！

「それは、そのぅ……えぇと……」

「ですが、署長はすでにその不届き者を捕まえたとか？」

「そ、そうなんです！　皇室所有の森に踏み入る悪人がおれば、どれほど凶暴凶悪であろうとも、この小職、粉骨砕身、必ず逮捕します！　事実、この密猟者は代官様がお戻りになるまで万全の収監態勢で監視しております」

ここぞとばかりに署長はまくし立てた。

密猟者が捕まっているのであれば、侵入された失点を帳消しにできるはずである。

1部屋しかない牢屋に放り込んだだけなのを「万全の収監態勢」と言い張ったが、それくらいはいいだろう。

「ふむ……密猟者はひとりだけなのですか？」

「今は森に巡査を投入して共犯者がいないか捜索させておりますが……ファルコン殿は密猟者にご

関心が？」

ちらりと疑念が湧く。わざわざ警察署長をたずねてきて密猟者の話題をするのか、と。ふつうならばこの避暑地に別荘を構える貴族たちの話題から入る。

「……今、首都は皇帝陛下の在位50周年の記念式典でたいそうな盛り上がりです。中でも賢人会議が前代未聞の10日会期を達成し、過去最高の成果を上げたことはご存じですか？」

「なっ!? そ、そんなことが……」

新聞には書いてなかったのに！

と署長は思うが、それは当然で、新聞が運ばれてくるのは毎月1回なのだ。タイムラグがある。

「つまり皇室の威光は今や最高潮。その皇室に影が差すような出来事があってはならないでしょうね……」

「うっ」

まずいぞ、皇室所有の森に密猟者が入ったというのは、想像していた以上に悪いことのようだ。

「不肖、このファルコン、首都の事情には詳しい。本件について詳しく教えてくだされなにかアドバイスできるかもしれませんが……もちろん無理にとは言いません」

ファルコンの瞳がきらりと光り、署長は息を呑んだ。

「ふ〜、こんな役回りはもうごめんですよ」

警察署長の住むお屋敷の一室に通されたファルコンは長々とため息を吐いた。

「ファー……ファルコン様。大変よくお似合いですよ――プッ、ククク！」

「アストリッドさん！　笑わないでくださいよ!?」

当然のことながらファルコンに扮していたのはファースだった。

「私だって男装しているんだからどっこいどっこいよ」

「アストリッドさんの男装は……男の私が言うのもなんですが、腹が立つほどにカッコイイですね」

「なんだい、それ」

付き人役のアストリッドはファースが警察署に入っていくのを眺めてから、外で待っているだけだったが、1時間ほどして出てきたファースがうまくやったことはすぐにわかった。署長がニコニコ顔で送り出しに来たからだ。そして、宿泊場所として自らのお屋敷を提供した。

で、ここが署長のお屋敷の客室というわけである。

「密猟者の情報は？」

アストリッドがたずねると、イスに座って胸元を緩めているファースはすでにへろへろだった。まるで残業続きで家に帰ってきたサラリーマンのようである。

「ちょっと待ってくださいよ……」

「なーにを疲れてるのよ？　商人なんだから人を騙すくらい朝飯前でしょ？」

「商人をなんだと思ってるんですか……お客様に誠実に向き合って対価を頂戴する。それが商人ですからね」

「はいはいわかったわかった。それで、署長様に誠実に向き合って情報を頂戴してきたの？」

「うう、アストリッドさんが厳しい……」

そう言いながらもファースはちゃんと情報を仕入れていた。

まず密猟者については、やはり、取り調べを行っていないのでまだ詳しい情報はない。男であることは間違いないが、フードだけでなく帽子までかぶっていたから月狼族かどうかもわからない。さすがに「今から確認して」と言うのは怪しすぎるので聞けなかった。密猟者が月狼族だったら、次はティエンを会わせる必要があるので、信頼されているファルコンの身分が必要になるのだ。

「事件の経緯についても参考程度に聞いてきましたが、鱗翠尾長についてアストリッドさんはご存じですか？」

「いや……希少な鳥だということくらいしか」

「その身体はエメラルドのような翠色をしており、羽に宿った魔力が光を常に放っているという小鳥です。死してなお魔力は残るので高級な装飾品としても大変な人気です」

「魔力が残る羽……面白いね。魔道具に使えそうだ」

「ははは、割に合わないでしょうね。鱗翠尾長を買うにはそれと同じ大きさの金塊が必要ですから」

事件の発覚はひとりのメイドから、だった。

別荘のひとつで働いているメイドが、鱗翠尾長の小さな羽根を持っており、これに気づいたお屋敷の執事が警察署に連絡した。

　メイドは、休憩時間に森を散歩していたときに拾ったと証言したのだが、その羽根にかすかに血がついていたことから密猟者の可能性が出てきて大騒ぎになった。

　――そう言えば森で、木から木へと飛ぶように進んでいく人影を見たような……。

とメイドが追加の証言をしたので、巡査たちは森の捜索をすることになり――それから３日後、谷底で足を折った密猟者を発見した。男の荷物に鱗翠尾長の死骸が入っていたので犯行は決定的だった。

「木から木へと飛び移れるなら月狼族の可能性は高いね……」

「私もそう思いました」

「次の一手は？」

「残念ながら署長は、私を歓待してくださるようですよ。つまり私は明日の朝までファルコンを名乗らなければならないというわけです」

「へえ～。エミリくんの計画通りになるのか。珍しい」

「アストリッドさん、他人事だと思ってるでしょ……。結構しんどいですよ、人を騙すのって」

「ウソは名前だけでしょ？　あなたは、自分で持っている上等な服を着て、金剛石の指輪もつけちゃって、それで警察署長の前に現れただけ。署長になにか損があるわけでもないし」

「ええ……この金剛石の指輪がこんなに効くとは思いませんでしたけどね」

うんざりした顔で指輪を見やるファース。実はこれ、ヴィク商会ブリッツガード支店長がファースへのプレゼントとして寄越してきたものだった。どうやら本気でファースの父、商会長に口を利いてもらいたいらしい。

「こんな地方の警察署長なのに、どうしてまぁ金剛石なんて知っていたのか……その割に皇室の紋章には反応しないんですからねえ」

ファースは当然、警察署長が首都の社交界に憧れを持っているなんてことは知らず、最初から好意的だった署長が怪しく見えたのだけれど。

「ちなみにファルコンって名前はどこから来たんだい？」

「……兄です」

「兄？」

「折り合いの悪い、兄ですね」

「へえ……」

「……なんですか、その『へえ』は」

「あなたもちゃんと人間なんだなって思っただけよ」

いつでも飄々《ひょうひょう》としているファースが、偽名を名乗るときに「折り合いの悪い兄」の名前を使うというのはなんとも人間味があった。

ニヤニヤしているアストリッドに、ますます居心地悪そうにファースは肩をすくめるのだった。

「それはそうと、アストリッドさん……この次ですが、エミリさんは、私が署長に胸襟を開かせることをお望みですよね」

「そうね」

「だけれどその具体的な方法はすべて私に任されている……正直これほど内容がフワフワしているものは計画とは呼べませんよ」

「………………」

スッ、とアストリッドは視線を逸らした。実際、アストリッドもそうだと思っていたのだ。

「はぁ……」

ファースはため息を吐いてから、

「まぁ、思いついたことはあるのですけれどね」

自身の考える「計画」について語ったのだった。


そのころ――宿では。

「アストリッドからは万事順調という合図があったわ。あたしの計画通り、フェーズ２へ移行するわよ！」

「はぁ……」

「エミリはたまに、いや、大体毎日、よくわからないことを言うのです」

「ニナはしゃっきりして！　ここからはあなたがカギよ！　ティエンは……ふだんあたしのことをどう思っているのか詳しく教えてもらいましょうかねぇ……？」

「チィは喉が渇いたから水をもらってくるのです！」

ゆらりとエミリがティエンに手を伸ばすと、ぴゅーと彼女は部屋を飛び出していった。

「まったく……あの子は、いつの間にかずけずけ言うようになったわね」

「ふふ。エミリさんはその割にニコニコしていますね」

「！」

ニナに指摘されたエミリは顔を少し赤くしたが、

「そ、それより今言ったとおり、ここからはあなたの仕事だからね、ニナ」

「はい。わかってはいるのですが……ほんとうにそんなことあるのでしょうか？　わたしがメイドとして警察署長のお屋敷に呼ばれるなんて」

「あるわよ」

そのとき部屋の扉がノックされた。宿の店主だった。

「メイドさんいるかい？　なんでも、警察署長のところで人手が足りないらしくてさ、アンタも来ないかって……」

店主は「仕事を探してるならウチで働いてくれたらいいのになぁ」なんてぼやきながら去っていった。

「ほらね？」

「エミリさん！　すごいです！　なんでそんなことがわかったんですか!?」

「ふふーん」

自分の予想が的中したエミリの鼻はピノキオのように高くなっていた。

エミリの「計画」はこうだ。

相手が田舎の警察署長なら、わかりやすい権威を見せてやればいい――ファースを貴族のように仕立てて送り込めばいい。馬車もファース個人の所有物であり、ニナにぴかぴかに磨いてもらった。

警察署長がファースに気を許したら、今日の夜はもてなしたいと思うはず。だけれど警察署長には賓客をもてなす能力が足りない……そこへ、「首都からやってきて、たまたま仕事を探しているメイド」の出番だ。

ふつうに考えれば怪しさ満点だが、事前情報では警察署長はポンコツのようだし、焦れば食いついてくるだろうと思っていた。

「よし、行ってらっしゃい、ニナ！」

「はい！　……って、あれ？　エミリさんとティエンさんはどうするんです？」

「え？　宿にいるけど？」

「……な、なるほど……？」

「うまいこと警察署長に気に入られて、牢獄にいる密猟者と会えるよう約束を取り付けてきてね！」

エミリの「計画」はここからがガバガバである。

ニナが出て行ってからすこしして戻ってきたティエンから「どうしてもうちょっと先のことまで考えられないのですか？　ニナをひとりで送り込んで後はどうにかしろなんて……！」とダメ出し

されるのだった。

ニナは警察署長のお屋敷にやってきた――それは「お屋敷」と呼ぶにはちょっと野暮ったい建物ではあった。

大きいが平屋で、穴の空いた屋根の補修跡や、コケの生えた外壁が見えた。

「――予備のシーツにカビが生えてましたぁ！」

「――署長のシーツはもう替えなくていいから、食堂の掃除を急いで！」

「――お食事の準備、『イローダ亭』に頼んだら今日の今日だと無理だって！」

「――どーすんのよ!?　誰か作る!?」

「――無理無理、アタシなんてパンが焼けるくらいよ？」

「――アンタの雑炊美味しいじゃん」

「――冗談！　御貴族様に出したら縛り首だよッ」

規模としてはお屋敷ほどもあるだけあって、使用人がいたのだが、３人しかいない彼女たちは大慌てでお屋敷の掃除をしていた。

表にはファースの馬車が停まっているので客室にファースとアストリッドが通されているのだろうけれど、それにしたところで、お客様を迎え入れる準備はまったく整っていない。

「あの！　メイドの手が足りないと聞き、参りました。ニナと申します。以前は首都サンダーガードで働いておりました」

扉を開けてニナが言うと、

「！」

「！」

「！」

かしましいメイド服姿の３人娘がドドドドッと走ってきた。

「ウッソ、マジ!?　首都で!?」

「アンタ料理できる!?」

「掃除は――いいや、アタシがやる」

すごい迫力で手まで握りしめられてしまったが、

「は、はい、一通りのことは仕込まれておりますので……」

「救世主キター！」

３人はバンザイするとハイタッチを始めた。

それから――彼女たちが語るところによると。

彼女たちは警察署長の家の使用人として、メイドというよりお屋敷の手入れをする役割で雇われているらしい。だけれど署長の趣味でメイド服を着させられて――「メイドがいれば一流のお屋敷のようだろう?」と言って――いるのだが、メイドとしての訓練を受けたわけでもない地元の娘たちである。ふだんは掃除をしたり、買い物や荷物を届ける使いっ走りをしているだけだった。

とまあここまでは、エミリが事前に仕入れた情報とも一致している。

だから「お客をもてなすには人手が足りないはず！」と推測したわけである。

いつもなら代官屋敷の使用人がやってきてあれこれ指示をするのだが、代官が首都に向かったので彼らもそれについていってしまった。３人の娘は日々ぶらぶらしていただけ。そんなところへ突然警察署の事務員が走ってきて「お客様が来るよ！」なんて言われたものだから大わらわだった。

「ほんとに助かったわ～。食材は代官様のお屋敷のものも使っていいみたいだから、そろってると思うわ。場所はこっちよ」

いちばん年上らしい娘がニナを案内してくれた。

署長の家から５分歩いた先に代官のお屋敷がある。そこに至る道は森の中の小径であり、鳥の鳴き声が気持ちよかった。

さすが代官のお屋敷は整然としていたし、貴族の別荘にも負けない豪華さがあったけれど、使用人がほとんどいないからか庭の草はすこし荒れていた。

裏手に回るとレンガ造りの建物がいくつかあって、近くの小屋から老人がひとり現れた。

「おや、どうした。かしまし３人娘の長女じゃないか」

「今日はおじちゃんの冗談に付き合ってるヒマはないのよ。――ニナちゃん、ここが食肉貯蔵庫《ミートラーダー》よ」

「おいおい、代官様の肉を使う気かい？　いったい署長はどうしちまったんだ」

「お客様が来たの」

「客ぅ？」

半信半疑という顔の老人だったが、それでも署長の要請があれば食材を提供する決まりになっているようで、貯蔵庫の鍵を開けてくれた。

中は外よりも気温が低くひんやりしている。

「猟鳥獣肉貯蔵庫《ゲームラーダー》はカラッポだぞ」

「わかってるわ……ってこっちもほとんどカラッポじゃない!?」

「そりゃあそうだろ。仕入れてねえんだから」

棚に、本来あるべき肉がほとんどなかった。

「ちょっとおじちゃん、これどーすんのよ。ウジ湧いてるんだけど」

この世界の娘たちはウジや虫くらいではびくともしない。

「おお、そりゃ捨てなきゃならねえな」

「ハエが入り込んでるんじゃないのぉ？」

食肉の保存はウジとの戦いでもある。冷蔵魔道具などがあれば長期間保つことができるけれど、一般的には冷暗所に置いておくことしかできない。冬の間にできた氷や降った雪を保管しておく氷室もあるが、ここにはないようだ。

肉にはウジが湧く。ハエはどこにでもいるのである。長期保存をするためには保存料――ティエンがかつて嫌がったニオイのする紫鈴漣花《しりんれんか》など――を使ったりと、様々な工夫がある。

「………」

ニナは貯蔵庫内を見回しながらじっと考えている。

どんな食事を作れるか——ここの食材で。

「げっ、なにこの真っ黒なの……」

娘が顔をしかめたのは、棚の中でもひときわ存在感を放っている巨大な塊だった。人の頭よりも大きいそれは、見た目が真っ黒だったのだ。

ちなみにそんなものが5つも置いてあった。

「ああ、そりゃあ——」

「——熊ですね？」

いつの間にかその塊の前に立っていたニナは、そう言いながら振り返った。

「1か月ほどここに置かれている……違いますか？」

「1か月!?」

「お？　おお……そうだのお。代官様が出発する直前に届いたから、確かに1か月くらいかもしれん。しっかしすげえ色だな」

「はい。すばらしいですね」

「すばら——え？」

「このコンディション、完璧です」

ニナはにこやかに言った。

「このお肉を使って調理をします！」

そわそわしっぱなしだった警察署長が大急ぎで仕事を終え、お屋敷に戻ったのは夕暮れどきだった。今までお客を待たせたことになるが、警察署長が仕事を放り出してお客の相手をしているというのはそれはそれでマズいし、なによりお客——ファルコンが「職務は誠実に」などと言っていたので夕暮れ時まで待ったわけである。

その間、森を捜索していた巡査が10人ほど戻ってきたが得られたものはなかった。一日中森にいたので彼らもぐったりしているが、そんな彼らをねぎらうのもそこそこに署長は退勤してしまった。恨みがましい10対の瞳だけが署長の背中を追っていた。

「今戻ったぞ」

と言って署長は自分の屋敷に入ったが、

「…………？」

ふと足を止めた。

「んん？　おかしいな……ここは我が家のはずだが、なんでこんなにピカピカなんだ？」けば立っていた絨毯は見違えるように整えられており、現代ならば「蛍光灯替えた？」と言いたくなるほどに魔導ランプの光量も増している。壁のシミはなくなり、磨かれた窓から西日がキレイに差し込んでいる。

「ははーん、これはあの娘たちがやる気を出したな？　これくらいできるなら、ふだんからやれというのに……まったく」

ぶつぶつと言いながら署長は自室へと戻った。自室もキレイになっていてにっこりしてしまう。

「おい！　誰か」

「――はいはーい」

どたどたと足音がして使用人の娘がやってくる。

その野暮ったい振る舞いに署長は顔をしかめるが、

「やればできるではないか」

「……はい？」

「掃除だ、掃除」

「ああ！　掃除ね！　はいはい……」

やればできるとかそういう次元じゃないんだけどね、なんてもごもご口の中で言いながら娘はなぜか遠い目をした。

「じゃ、アタシはそろそろ帰りますんで」

「なにを言っておる。客人がいるというのに、帰っていいわけがなかろう」

「いやいや、もう残ってるのアタシとニナちゃんだけですよ？　いつもならもう帰ってる時間じゃないですか」

「わかったわかった。残業代ははずんでやるから客人のお世話を……って『ニナ』とは誰だ？」

「………」

「なぜ黙る」

「……署長も見たらぶったまげますよ」

「メイドが『ぶったまげる』などという下品な言葉を使うな」

「いや、アタシなんかがメイドを名乗っちゃおこがましいですよ」

「んん？　今日はえらく殊勝ではないか」

「それはそうと、夜メシの支度をしても？」

「晩餐だ、晩餐。くれぐれも客人に『メシができたぞ』だなんて言わないように」

「はーい」

ほんとにわかってるのか、と署長が言いたくなるほど軽い口調で娘は返事をすると、またドタドタと出て行った。

やれやれと署長はため息を吐いて、服を着替えた――だいぶくたびれたジャケットなのだが、一張羅がこれしかないので仕方がない。そうして食堂に向かうと、

「やあ、ファルコン殿」

「これはこれは、署長殿。本日はお招きくださってありがとうございます」

廊下の向こうからファルコンが現れた。

「おや、お付きの方は……」

「彼は休ませております。我々ふたりで話すほうが、なにかと都合のいい話題も多そうですからね」

「お気遣いありがたく。ところで……ウチの使用人がなにか粗相はしませんでしたかな？　それだけが心配でして……」

「ははは。なかなか快活でよろしい」

ファルコンは笑うが、それはきっと「なにかやらかした」ことの裏返しのように感じられ、ますます署長は肩身が狭くなった。とはいえ、本人が気にしていないのならばそれでよく、署長が読んでいる新聞の連載でも、高貴な人は下層民の無邪気さを気前よく受け入れるシーンがよく出てくるので違和感はないのだった。いやむしろ、「やはりこの方はどこかの貴きご一族……」という思いが強まる署長である。

「ん？」

ふだんとは違う雰囲気の食堂になっていた。

これまで使っていたテーブルは新品に替えたのかと思ってしまうほどに磨かれてあり、魔導ランプではなく燭台のロウソクが灯っていた。

そのせいでテーブル周辺だけが幻想的に照らされていて、ただの署長のお屋敷の食堂が、あたかも貴族の秘密の食卓のような雰囲気を醸し出している。

さらにその雰囲気を強めているのが、ニオイである。

かぐわしい……食事の香りがする。

いや、もちろんこれから食事をするのだからニオイが漂ってくるのは当たり前なのだが、手の込んだ食事のニオイがするのだ。まるで代官のお屋敷に呼ばれてする食事のような……。

「首都から遠く離れたこのウェストハイランドにおいても、首都と同水準のもてなしができる署長は、すばらしいですね」

食堂内を見回したファルコンが言うと、

「え!? え、ええ……」

署長もさすがに「あれ？　おかしいぞ？」と疑問を持ち始めた。よくよく考えたらどんなにがんばったってあの3人娘がこんなにキレイにできるはずはないし、食事の準備だってできるはずもない。いつもなら肉と野菜を適当に煮込んだものか、酒場の店主に作らせたものを運んできているだけだ。

「ハッ、もしや……！」

代官様のお屋敷にコックだけ先に戻ってきたのでは――なるほど、きっとそうに違いない！　と署長は勝手に納得した。

「で、では食事にしましょう」

「はい。これは楽しみですね」

頼むからハードルを上げないで欲しい、代官様のお屋敷のコックなら多少は腕が立つはずだけれど、たまにとんでもなくマズいものを出してきたりするのを署長は思い出した。そういうときの代官はすこぶる機嫌が悪くなることまで思い出した。

だけれど、前菜の皿を見るとその不安は消し飛んだ。

銀の大皿に飾られた5品の前菜は、少量ずつ置かれているのだが、美しく調和を保っている。みずみずしい野菜がカットされてその断面にはソースが掛かっている。この街で仕入れたハムやサラミは署長も食べ慣れたものだったが、香辛料がまぶしてあって一手間加えてあり、提供の仕方を変えただけだろうに上等に見えた。

「美味しいですね」

貴族のように――それこそ代官よりも洗練された上品な手つきで食事をするファルコン。そんな彼の前にいる署長は、まるで自身が社交界の一員になったかのように感じるのだった。確かに美味しい。ふだん食べ慣れた食材だというのに、雰囲気と、加えられた一手間によって数段上に感じる。

夢のような食事の時間は進んでいった。署長は夢中で首都のことをファルコンに聞き、ファルコンは首都で起きていることを話した。署長が新聞を通じて知っている内容とは違うところも結構あったが、「新聞は新聞ですからね」とファルコンに言われると「なるほど、確かに！」と納得してしまうのである。

そしていよいよメインディッシュの登場だった。

「このニオイは……」

すでに十分食事に満足していた署長ではあったが、気になっていたのは食堂に入ってきて最初に嗅いだかぐわしい香り――その料理が出てきていないことだった。

メインディッシュと言えば、代官の屋敷でも大抵が焼き料理《ロースト》だ。

だが、これは――。

「な、なんだこの肉は……？」

深皿にはでん、と巨大な塊があるのだが、それは茶色の濃厚なソースによって覆われている。同じく煮込まれているのは茸《きのこ》のようだが、こちらは一度火を通したものをソースに絡めている、といった体《てい》で、ところどころに白い筋を見せていた。

「熊肉でございます」

「熊……？」

そのときふと顔を上げた署長は、自分の疑問に答えたのが使用人の娘ではなく、見たこともないメイドだと気がついた。

「お、お前は誰だ？」

「本日、ヘルプで入っているメイドでございます」

「あ……ああ、そうか」

手が足りないから使用人の娘たちがヘルプを呼んだのだろう。よくよく考えれば、今までの料理を出すときもこのメイドが担当していた。全然気配がなくて気づかなかったけれども。ふだんの使用人だったらゴトッ、ゴトッ、と音を立てて給仕していたことだろう。

水がなくなれば追加され、ワインがなくなれば注がれている。不自由がなく、食事が美味しかったせいでまったく気づかなかった。

「それで、これが熊肉だと？　確かに代官様のお屋敷には熊肉が入ったというようなことを聞いたが……1か月ほども前のことだし、熊肉はたいがい美味くはないだろう」

「いえ、熊肉は1か月ほど寝かせることも一般的でございまして、熟成が進むと味わいも豊かになります。加水せず、ワインだけで肉を煮込むと臭さもなくなります」

「ほう……。お前はメイドなのによく知っているな？」

「メイドなら当然でございます」

「そうか。ふうむ……ヘルプではなく、今後もこの屋敷で働く気は――」

「――署長」

そこへ、ファルコンが割って入った。なんだかあわてた口調だった。

「今は食事を楽しみませんか？」

「お、おお……そうですな」

署長の意識は皿へと向けられた。

得体の知れない茶色い塊、さらに1か月も前の肉？　と疑問は湧くが、それでも食べてみようと思ったのはこれまでの料理がどれも絶品だったからだ。

ナイフを差し込むと、すー、と切れる。柔らかな肉にフォークを刺して口元に運ぶと、

「！」

「！」

署長だけでなくファルコンもまた目を見開いた。

口の中でほどけるほどに柔らかい肉。ワインだけで煮込んだというが、そこに肉汁が染み出しておりどこまでも濃厚で深い味わいが広がっていく。臭みは一切なく、肉の美味さと、脂のインパクトが純粋に味覚を刺激してくる。

「これは……」

「ええ、驚きました……大変美味ですね。茸もまたいい」

ほろほろとした肉の食感と比べて、後から加えた茸はしゃっきりとしている。森の奥深くにいるような香りが鼻を突き、熊がかつて住処《すみか》としていた場所を思わせる。

「すばらしい食事ですね、署長。首都の貴族家のメインディッシュにも劣らない」

「えっ!?　首都の貴族家!?　そ、そ、そうですかな!?」

思いがけぬ褒め言葉に署長の声がうわずった。

「すばらしい使用人をお持ちですね。それに、森に分け入って密猟者を捕らえたという巡査たちもすばらしい」

「いやはや、そうまで褒められると照れますな」

「これは誇ってもいいことでしょう。署長の手腕が優れているからでしょう」

「あっはっは！　まあ？　そういう側面もありましょうな？」

「すばらしい働きをした者にはなにか振る舞いもなさるのでしょうね」

「ええ、もちろん――振る舞い？」

調子に乗ってうなずいていた署長は、「え?」という顔をする。

「はい。成果を出した警察署の部下をふだんからねぎらっているのではないかと思ったのですが……。社交界で流行の書物、『ヨハン＝ダーレット伯爵回想録』にもそういう記載があるでしょう？『褒めるべきは褒め、伸ばすべきは伸ばす。ただ褒賞を与えるのではなく、よりよい成果を出したときにのみ与えよ』と」

この書物は実在し、ヨハン＝ダーレット伯爵はユピテル帝国でも屈指の実業家であり、彼の仕事の功績は多くの有能な部下がいたからだというのもまた貴族界では知られていた。そんな彼が晩年に回想録を発表しており、話題になっているのもまた事実である。

ただ文章には続きがあって、『締めるべきときに締めることを忘れてはならない。褒賞を与えて浮かれる部下は、必ず次には失敗する』と——なので褒賞を与えつつ「次も成功しないとどうなってるかわかるだろうな？　ん？」という恫喝が加わるのである。なかなかの辣腕家である。

続きの文章まで言わなかったのはファルコン——ファースの親切心に過ぎない。

「も、もちろん知っております！　巡査たちにはなにか与えませんとな！」

ちりんちりんと署長がベルを鳴らすと、使用人の娘がギィとドアを開いてやってきた。先ほどからニナが給仕しているときには音ひとつ鳴らなかったというのに、今はかなり派手な音を立てた。

「署長、どうしたんです？」

「お前はどうしてそううるさくする……まあよい。ちょっと来なさい。もっと近く。……巡査どもは今ごろ『イローダ亭』にでもいるんだろうな？」

「ええ、そうだと思いますよ。むさ苦しい男どもを入れてくれる酒場なんてあそこしかないし。……っていうか、なんでこそこそ話すんですか？」

「シッ。いいから。……私が金を出すから酒をおごってやってくれ。なんなら、酒樽のひとつも持っていけばいい」

「え!?」

この、都会に憧れ、巡査なんて使いっ走りくらいにしか考えていない署長が酒をおごる？

娘が目を瞬かせていると、

「酒樽とは言っても、いちばん安いヤツだぞ？　もう私が飲まないようなものだ」

「いや、でも、署長にしては珍しい……」

「いいから、早くしなさい。私の沽券に関わる問題なんだ」

「股間!?」

「沽券！」

「なるほどねえ……」

娘はじろじろと署長の股間を見てから、対面に座っているファルコンを見やった。え、このお金持ちな感じバリバリのイケメンと署長との間に、今夜なにか間違いでもあるの？　と疑問たっぷりの顔だったが、

「あ、今日の料理の残りも持ってっていいですか？」

「構わん。構わんから早くしなさい」

「はーい！」

元気よく返事をすると娘は出て行った。

「まったく……しつけの行き届かぬ使用人もおりまして、お見苦しいところをお見せしました」

「いえ、構いませんが、なにかトラブルでも？」

話の内容は聞こえませんでしたよという顔でファルコンは聞いてくる。

ほっ、どうやら熊肉料理に夢中だったようだぞ……と署長は安心してこう言った。

「なにも問題ありません。いやあ、今日の食事は楽しいですな」


「イローダ亭」の名前にある「イローダ」は慈愛の神からその名を取られているが、こういう店名は大陸のどこにでもあった。広々とした店内のテーブルは半分ほどしか埋まっておらず、地元住民の利用がほとんどなのでみんな指定席があるようだった。

「やあ、エミリくん。先に一杯やっているよ」

ジョッキを持ち上げたのはアストリッドだった。この席は指定席ではない——旅人や行商人のための席だった。

「ファースさんはどうしたのよ?」

「もちろん、後はお任せして私は出てきた」

「あんたねぇ……」

「それじゃニナも向こうですか?」

呆れたような顔でエミリは言い、ティエンはソワソワし始めた。

「ティエンくんが向こうに加勢したところでなにもできないだろう? 私たちはここでチャンスが

来るのを待とうじゃないか。きっとファースさんがなんとかする」

「ええ……？」

妙に確信のあるアストリッドに疑問を感じつつ、エミリとティエンは同じテーブルに着いた。

メニューはなく、「お酒」と「料理」を頼むとそれぞれなにかしらが出てくる。お酒はいつも通りのワイン（水で割っている）で、今日の料理はイモと肉を煮込んだスープだった。ティエンはお酒を飲まないので水を飲んでいた。

「しかし騒がしいわね」

向こうではがっちりした肉体の男たちがわあわあ騒ぎながら酒を呷《あお》っている。どうやら巡査たちのようで、制服のズボンとブーツを泥だらけにしているのは、森に分け入って密猟者を探していたからだろう。

「ごめんねえ、うるさくしてて。まあ、あの人たちはもうちょっとしたら出て行くから」

店の女将がティエンの水を運んできた。

「アンタたちは旅人かい？　珍しいねえ、こんなところまで——こっちのお兄さんはあんたのいい人なのかい？」

男装姿のアストリッドを指して「お兄さん」なんて言ったものだから、エミリがブホッとむせて大笑いし始めた。

「……私はこんなちんちくりんの恋人などではないよ」

ムスッとした顔でアストリッドが言うと、

「あらぁ？　それじゃちょっと遊んでいく？」

女将がにやりとするが、

「だけれど宿には可愛い子を残してきているのでね」

「残念」

たいして残念でもなさそうに女将は去っていった。

「ちょっとアストリッド！　ちんちくりんってなによ！」

「それを言うなら爆笑している君はなんなんだい」

「いやー、だってアストリッドの男装って似合いすぎなのよ」

「へえ？　私にこの格好をさせたのはどこの誰だったっけ？　あと、私は今後の進展についてちょっとした情報を持っているけど、君には教えないでおこうかな？」

「え？　今後？」

「どうせ君は、ファースさんがなんとかする、くらいにしか思ってないんでしょ……」

「うっ」

「大正解なのです。エミリの考えは浅すぎるのです」

「ううっ」

ティエンにまで突っ込まれたエミリはうめいた。

「それで？　エミリくん、なんだって？」

「ううぅ、すみません、アストリッドさん。あたしが悪うございました……」

よよよと泣き崩れるエミリを見て、アストリッドはふんと鼻から息を吐く。

「まぁ……そろそろだと思うよ」

「そろそろ、ってなにが？」

「もうちょっと待ちなよ」

アストリッドは澄ました顔で酒を飲んだ。

「…………」

「…………」

エミリとティエンはワケがわからないが、とりあえず食事を続ける。

巡査たちは飲んで騒ぎ、住民たちはウワサ話に花を咲かせている。身なりのよい人物もいるが、どうやら貴族の別荘で働いている使用人もここに顔を出しているようで、彼らは彼らで情報交換をしていた。

「――代官様はまだ戻られないようですねえ。あと1か月は掛かるのではないでしょうか」

「――冬を越されたら困るんだがなあ」

「――街の流通は問題ないでしょう。商隊は来ていますし……」

「――そりゃあ、生きてくことはできるが、娯楽ってえのがない。そういうのは大抵行商なんだが、今年はまだ来てねえし」

「――行商人が持ってくる各地の特産物はなかなか面白いですからな」

「――そうだよなぁ……」

と、話す内容には事欠かないようだった。

酒場自体が一種の社交場になっているのだ。ここで情報を交換するし、ヨソ者がいれば顔も割れる。実際、アストリッドたちにも様々な視線が注がれているが、彼らが話しかけて来るのも時間の問題というところだろう。

と、そのときだ。

「おー、いるいる。やっぱここで飲んでたか」

酒場に入ってきたのは署長のお屋敷で働いている使用人の娘だった。

「巡査のみんな〜！　署長が酒を振る舞ってくれるってさ！　料理も絶品だよ！」

「……は？　どういうことだよ。あの署長が酒を振る舞う？」

「なんだそりゃ、腐ったワインでも処分しようってんじゃねえだろうな」

「あの都会かぶれの署長ならあり得るぞ」

巡査たちはうさんくさそうな目で見ていたが、娘の後ろから酒樽と、料理が入っているらしい大きな寸胴を載せたカートが入ってくると、歓声が起きた。

得も言われぬ美味しそうなニオイが漂ってきたのだ。

「おいおい、マジかよ？　署長が酒をおごるって？」

「だからぁ、最初からそう言ってるじゃないの。首都からお客さんが来ててさ、気前いいところを見せたいんだろ」

「ハッ！　豪勢な話もあったもんだねぇ」

そこに女将さんがやってきて、「これじゃ商売あがったりよお」とか「それじゃ女将さんも飲んじゃいましょうよ」とか「そりゃいいぜ、今日は宴会だ」とか言って盛り上がっている。

「ニナ……どういうこと、これ？」

だけれどエミリたちは、そのカートを軽々と押してきたメイドのほうが気になっていた。ニナは音も立てずにエミリたちのところへやってくると、

「ファースさんのもくろみ通り、皆さんにお酒を振る舞うことになりましたが……これでよかったのでしょうか？」

と首をかしげている。どうやらニナも、ファースの狙いがわかっていないらしい。するとアストリッドが、

「大丈夫、大丈夫。どうやら想像以上のお祭り騒ぎになりそうだし」

「お祭り騒ぎ……？」

ニナたちが見ている前で、署長の振る舞い酒のウワサはあっという間に広がり、多くの住民が酒場に押し寄せてくることになった。

目的はお酒——かと思いきや、ニナが調理し、持ち込んだ料理だった。

メインディッシュの熊肉もあり、代官屋敷の食肉貯蔵庫の老人までニオイを嗅ぎつけてやってきた。貴族の使用人たちまでお相伴にあずかっている。

夜だというのに酒場は多くの人で賑わい始めた。

当然署長の酒樽ひとつで賄いきれるものではないけれど、みんな、お酒を飲んで騒ぐ口実を探し

ているようなものだから、酒場の安酒でも構わないのだ。

「ニナちゃーん！　アンタも手伝ってよぉ！」

「はい！」

「あたしも今日は張り切っちゃうわよぉ。女将が『日当はずむ』って言うんだもん」

署長のお屋敷で働いている娘もまた酒場のヘルプに駆り出されてしまった――日当はずむわよ、というのはパワーワードである。

「それじゃ、わたしも手伝ってきますが……これでいいんですよね？」

アストリッドはにっこり笑った。

「もちろんさ。――署長とファースさんのほうは大丈夫だよね？」

「はい、食後のデザートが終われば、蒸留酒を傾けての雑談ですから、わたしは必要ないはずです」

「オーケー！　それじゃ、ニナくん、行っといで～」

いそいそとニナが去っていくと、

「……で？　アストリッド。そろそろなにが起きてるのか教えてくれてもいいんじゃない？」

「そうなのです。これじゃ署長を騙して大騒ぎするだけです」

「あはは。まあ、それが狙いだから間違ってはいないんだけど……」

いっそう騒がしくなり始めた店内で、アストリッドは声を潜めた。

「……あそこに巡査がいるよね。そして、警察署の事務員も」

騒ぎの中心は巡査たちだった。もちろん彼らに振る舞われたお酒なので当然と言えば当然だが、

「タダ酒が飲めるぞ」と連絡が行って、署の事務員たちもすっ飛んできた。彼らはお酒はもとより、熊肉のワイン煮込みを大喜びで食べている。

「うん、いるけど……それがなに？」

アストリッドはエミリとティエンを手招きすると、額がくっつきそうな距離でこう言った。

「……つまり警察署はもぬけの殻ってわけ」

「!?」

「!?　ア、ア、ア、アストリッド、まさかあんた、脱獄――」

「シッ」

アストリッドはエミリの口を塞いだ。

「まさか、そんなことはしないさ。だけど、誰もいない警察署に行って、おしゃべりくらいさせてもらうのはいいんじゃない？」

「あっ……」

「ファースさんが警察署長にお願いして、密猟者と会話の時間を作ってもらうより、はるかに確実で手っ取り早い」

「ううむ、なるほど。でも宿直はいるよね？」

「さっき事務員のひとりがお酒を届けたから、追加のお酒だとか言って持っていけば、気を惹くことができる。その隙に忍び込むの」

「……なるほど」

エミリはアストリッドの提案にむしろ感心してうなずいたが、ティエンは、

「でももし失敗したら……？　チィのことでみんなに迷惑を掛けたくないのです」

「ティエンくん、簡単に考えなよ」

アストリッドはにっこりした。

「君は、ちょっとお酒を飲んで道に迷ったんだ。で、明るい警察署に入ったら、奥に月狼族のお仲間らしき人がいた。で、世間話をしちゃうだけだよ。それで誰が困ることがある？」

「………」

「………」

むちゃくちゃな理論である。

これを聞いたエミリは、

（………？）

少々首をかしげるところがあると思った。

だけれど、提案としては悪くない。

「よし、やるわよ、ティエン」

エミリは立ち上がった。

「チャンスは一度逃したら、取り戻せないわ。どうせバレたところで大目玉食うだけだし、やって損はない。行くわよ」

「そうだよ、ティエンくん」

アストリッドもまた立ち上がる。

「わ……わかったのです」

ティエンは背中を押されるようにして立ち上がったのだった。


酒場の外に出ると、うっすらと霧が出始めていた。酒場の喧噪から離れてみると霧に包まれたこの小さな街は幻想に沈んだ世界のように感じられた。

「ふぅぅ……」

ティエンが深呼吸しているのを見て、アストリッドが、

「ああいう酒場はニオイがキツいものね。大丈夫？」

「うん。臭いは臭いけど、耐えられないほどじゃない……」

言いかけたティエンは、ふと鼻を動かした。

「どうしたの？」

「ん……なにか嗅いだことのあるニオイがしたような……でも、気のせいかもしれないのです」

「そう？」

「――行くわよ、アストリッド、ティエン。時間はそうたっぷりあるわけじゃないから」

３人は霧の中を歩き出した。できるだけ目立ちたくないので魔導ランプは点けていない。先頭を

歩くのはティエンで、彼女は黙りこくっていた。

（月狼族のことだからね……ティエンくんも緊張しているのかもしれない）

そうアストリッドは思ったが、密猟者が月狼族なのかどうか、そうだった場合にティエンの両親を知っているかどうかは、もうすぐわかることだ。

ひっそりと静まり返った街を通り抜け、警察署へとやってきた。窓はすべて閉じられていたけれど、入口にポゥと灯る魔導ランプの明かりは、そこに確かに誰かがいることを示していた。

「……ティエン、いい？」

「……はい」

「……それじゃ、行くわよ」

アストリッドとエミリが先に警察署の扉を開いて中へと入った。入るとすぐにカウンターがあって、宿直当番らしい巡査がつまらなさそうな顔で酒を飲んでいた。

「お？　どうした、酒場でケンカでもあったか？　水でもぶっかけて転がしておけばそのうち目も覚めるだろう」

「いや、そうじゃないよ。振る舞い酒の追加を持って来たんだ」

アストリッドが先に立っていく後ろを、ティエンが身をかがめてダッシュする。音もなく、速い。

酔った巡査は絶対に気づかなかっただろう。

「おお？　また酒くれんのか？　どんだけ気前がいいんだよ～。明日から嵐でも来るんじゃないか？」

「はっははは。そうかもね」

アストリッドが掲げた酒瓶に目が釘付けの巡査に、

「おつまみもちょっとは持って来たわよ」

「気が利くねえ！　って、アンタ、魔導士さんかい？　珍しい――どうだい？　ちょっくら旅の話でも聞かせてくれよ。ヒマでヒマでしようがねえんだ」

エミリはちらりとアストリッドを見て、

「まあ、いいわよ。酒場の盛り上がりに疲れてたところだし」

「いいねえいいねえ。こっちに入ってきなよ」

「え、入っていいの？」

「いいに決まってるさ。こんな田舎の警察で秘密もなにもあったもんじゃねえ。ほら、そっちの兄さんもいっしょに飲《や》ろうぜ」

兄さん、と呼ばれたアストリッドは複雑そうな表情だ。男装が上手くいっていることを喜ぶべきなのか、はたまた色気がないことを悲しむべきなのか。

「ジョッキ持ってくるからよ、待っててくれ！　ついでに便所も行ってくるわ」

警察署にジョッキがあるという異常さをツッコんだら負けかもしれない。

巡査はスキップでもしそうな上機嫌で、裏手の給湯室へと向かった――そちらはティエンが向かった牢獄とは逆方向なので問題はないだろう。

「……で？　アストリッド。なにを隠してるのよ」

ふたりきりになるとエミリが聞いた。

「なんのこと？」

「あんたにしてはやけに強引だなって思ったのよねえ。なーにが道に迷って警察署に入り込んで月狼族のお仲間とおしゃべりしてくるだけ、よ。なんでそんなに急いでるの？」

「……ふっ、さすがエミリくん。よく見ている」

酒瓶をテーブルに置いたアストリッドは——顔を曇らせた。

「もし仮に密猟者が月狼族だった場合……さらにはティエンくんの親しい人だった場合を考えるとね……」

「え？　いいことじゃないの？」

「よくなんかないさ。ティエンくんは月狼族に関する情報を得られるかもしれないけれど、その密猟者はどうなる？」

「どうなる、って……罰せられる？」

「……エミリくん、君って結構、法律やルールに疎いところがあるよね」

「あー、あははは、そ、そう？」

実のところ日本の法律感覚が邪魔をして、こちらの世界のルールとごっちゃになっているところがあった。

「皇室の森での密猟者は、例外なく縛り首だ」

「え……？」

「この牢獄にいる男は、鱗翠尾長を所持していたことからも確実に有罪さ。代官が戻り次第、死ぬことになる運命なんだよ」

そうか――エミリは理解した。

だからアストリッドは急いでいるのだ。

もし仮に、代官が急用などで戻ってきたら密猟者と話せるチャンスは永遠に失われることになる。

「密猟者が……月狼族で、ティエンが脱獄を助けちゃったらどうするの？」

「あっはっは、そうなったら私たちは連座で指名手配だ」

「ちょっ、笑い事じゃないわよ!?」

「わかってる。でも、ティエンくんがそれを望むのなら、私は手助けをするよ」

「ア、アストリッド、あんた――」

エミリは、アストリッドがこれほどまでティエンに深く肩入れしていることを不思議に思った。

ふたりが接近したのはブリッツガードで別行動をしていたときのこと。アストリッドはなにもなかったというふうに振る舞っていたけれど、やはりアストリッドはティエンに思うところがあって、それで彼女に肩入れを――、

「まあ、そうはならないだろうけどね」

「……え？」

「あのティエンくんが、遠慮の塊みたいなティエンくんが……いくら最近は自分の意見を言うようになってきたと言ったって、私たちに相談もなく脱獄させるわけはないよ。エミリくんじゃあるま

いし」

「そ、そっか……。って、なんであたしのことを言った!?」

「――エミリ！　アストリッド！　大変なのです！」

大声を上げてティエンが戻ってくる。

「ちょ、ちょっと、ティエン!?　そんなに大声出したらバレ――」

「うぃー、戻ったぜ。って、誰だ、そのちっこいの」

タイミング悪く、戻ってきた巡査がティエンに気がつくが、

「いないのです!!」

ティエンは構わず叫んだ。

「牢獄に、誰もいないのです!!」


密猟者の逃亡――このニュースは夜更けの田舎町に衝撃をもたらした。

酒場で飲んだくれていた住民も一気に酔いが醒め、大慌てで家へと戻り、戸締まりをしっかりするよう家族に告げると半分は飛んで戻ってきた。

ありったけの魔導ランプがかき集められて、腕っ節に自信のある男も女も総出で捜索に当たることになった。

「――いいか、密猟者の風貌はな――」

「――ウチらの街で好きにはさせないぜ――」

「――身体能力がすさまじいそうだが、足が折れているのでそう遠くには行っていないはず――」

「――見つけたらまず仲間を呼べよ――」

　夜霧の中で、ランプの明かりが街のあちこちに散っていく。

「ニナさん！　ニナさんはいませんか!?」

　暗い中、向こうからやってきたのはファースだった。

「こっちです、ファースさん！」

「ああ、こんなところに――ところでなにがあったんですか!?　大騒ぎじゃないですか」

「それがわたしにもよくわからなくて――」

「ファースさん、そんなことより署長はどうしてるの？　あの人が来たら騒ぎがもっと大きくなってヤバいよ」

　エミリが聞くと、ファースは、

「眠ってしまったので大丈夫、朝までは時間が稼げます。それで、いったいなにが？」

　エミリがちらりとアストリッドを見ると、

「……あなたの考えのとおり、私たちはお祭り騒ぎに乗じて警察署に向かったんだ。それでティエンくんを牢獄に送り込んだら、そこには誰もいなかった」

「カギが掛かっているでしょう？」

「カギは開いてた。どうやら牢獄の入口に鍵が置かれていたようでね」

「えぇ？　そんなずさんな管理を……？」

ファースが思わず額に手を当てて天を仰ぐ。

「密猟者がなんらかの手段で牢獄の中からカギを引っ張ってきたと考えている者と、誰かが手引きをしたんじゃないかと考えている者とがいる」

「手引き……？」

「一応言っておくけどティエンくんは違うよ」

「あ、いえ、その、ティエンさんを疑ったわけでは」

「――いい、疑われてもしょうがない」

ティエンは言った。

「でも疑いはすぐに晴れる。だって、どこに逃げたのかチィにはわ、か、る、から」

それはあまりに自信満々の言い方で、

「……え？」

アストリッドたちはあっけにとられたのだった。


ふーっ、ふーっ、と荒い息が闇の中で聞こえている。

男は手ぬぐいを噛んで、その痛みに耐えていた。折れた足は接がれて固定されているものの、痛みが簡単に引くものではない。足はパンパンに腫れて熱を持っている。

「――大丈夫？　お水を持ってきたわ」

「す、すまねえ……」

水差しを受け取った男は一気にそれを飲み干した。

「チクショウ、ドジ踏んじまった……お前まで巻き込んでしまって、すまねえ」

「ううん。あたしはいいの」

「だがお前が関わってるってバレたら……」

「平気よ。あの巡査、あたしに気があったのがバレバレで、お酒持ってったら大喜びだったわ。だからあの巡査があたしに手を出せるはずなんてない。それにここの小屋なら誰も近寄らないし安全よ。あとはほとぼりが冷めて、あなたの足が回復するまで待てばどうとでもなる――」

と、最後まで言い切らぬときだった。

「――なるほど、ここは隠れ場所としては最適だね」

扉が開いて魔導ランプの明かりがふたりを照らし出す。

「!!」

「!!」

「御貴族様の別荘の庭小屋とは……。警察は手を出せない」

古い小屋で、ホコリが積もっている。錆びた農具や樹木の手入れのための道具が散乱している

——そこに藁《わら》を敷き、座り込んでいるフードの男。その横には甲斐甲斐しく世話を焼くメイドがいた。

「お、お、お前らは……巡査じゃねえな!?　何者だ!!」

「なに、通りすがりの者だよ。——ティエンくん」

「…………」

「なにをする!?」

黒い影が飛び出したと思うと、密猟者の前へとやってきて、男のフードをパッと取り去った。

「な、なんだよ……」

そこにあったのは赤茶けた髪の毛——だけだった。

ぴょこんとした耳はなかった。

「……あなたは、違うのです」

「なにがだよ!?」

「いや、いいんだ。こっちの話——ティエンくん、行こうか」

「はい……」

月狼族ではないとわかり、ティエンはホッとしたような、がっかりしたような足取りで小屋から出て行った。同時に、小屋に入ってきた男——男に見えたが、実は女であるアストリッドもいなくなってしまった。

「……え？　な、なんなんだい、アイツら」

「どういうことだよ。ここなら絶対バレねえって言ったのはお前だろ」

「ちょ、ちょっと待って。ここがバレたなら森に逃げなきゃ！」

「クソッタレ！」

メイドに肩を貸された男はよろよろと立ち上がり、ふたりで小屋を出た。

「なっ……」

霧深い中、いくつものランプが見えた。

小屋の外には、５人の巡査と、その倍以上の地元住民たちがいたのだった。

「手間掛けさせやがって……」

巡査のひとりがペッとツバを吐き捨てた。

「お前、いつもこの時期に街に来る行商人だろ？　手引きをしたのは、ここの子爵家のメイドってワケだな？」

「あ、あ、あたしは……ち、違うんです、違う……」

「鱗翠尾長の羽根を持っていたお前が……密猟者の目撃者だったお前が、まさか密猟者とグルだったとはな」

「ちげえよ！　俺はちげえ！　この女に騙されて……！」

「はあ!?　なに言ってんのよ！　こんなに助けてあげたのに！」

「なにが助けた、だ、バカ女！　羽根なんてくれてやるんじゃなかった！」

「アンタが谷に落ちたりしなきゃこんなことにならなかったでしょうが!?」

「――あー、うるせえ、うるせえ、痴話ゲンカは終わりだ。署まで来てもらおう」

巡査たちが一斉に距離を詰めて、男と女のふたりを縛り上げたのだった。

脱獄騒動は、あっという間に幕を閉じた――それこそ寝入ってしまった署長が、目を覚ます前に。


翌朝になると、霧はすっかり晴れていた。

昨日の騒動がウソであったかのような晴れに、

「ふぁ～あ……眠いったらないわ」

なんだかんだ宿に戻ってアストリッドと飲み直していたエミリは目をしぱしぱさせている。

「おはようございます、エミリさん。お茶はいかがですか？」

「ありがとう、ニナ……ってあんた、ちゃんと寝た？　あたしが寝るときにまだ帰ってきてなかったじゃない」

「はい。後片付けはティエンさんも手伝ってくださったので、すぐに終わりました」

脱獄した密猟者を追った後、一仕事終えた巡査たちに軽食を振る舞ったり、その片付けをしたりとニナもニナで大活躍だった。

おかげで、ティエンはまだ眠りこけている。アストリッドも寝ているが、こちらはただの寝坊である。

「あの……それで、結局のところ、どういうことだったのでしょうか？　密猟者が月狼族の方ではないとだけティエンさんからは聞きましたが」

「あー、はいはい」

ニナに聞かれたエミリは、順を追って説明した。

まず、事件の発端だ。

密猟者だが、これはウェストハイランドへやってくる行商人だった。

行商人はウェストハイランドから首都へと人が出払っていることを知り、行商をそっちのけで密猟をしようと考えた。運良く鱗翠尾長を手に入れた彼は、来るたびにちょっかいを出していた貴族の別荘で働くメイドに羽根をプレゼントした。これに血がついていたので密猟の事実が露見してしまう。

焦ったメイドは、「そう言えば森で誰か見た」と言い、行商人とは似ても似つかぬ目撃情報を巡査に伝えた。そうして盛りに盛った設定が「すわ月狼族では」と思ってしまうような内容になっていたのである。

行商人が逃げおおせる時間をメイドは稼いだつもりだったが、運悪く行商人は谷に落ちて足を折っていた。そこで弱っているところを、巡査に発見されたというわけだ。

「なるほど……そんな経緯だったのですね」

「それでどうやって脱獄したのか、だけど――これは簡単ね。メイドがお酒を持って警察署を訪れたの。あたしたちにとってお祭り騒ぎは密かに密猟者と話をするチャンスだったんだけど、それはメイドにとっても同じだった。で、メイドのほうが先に動いていた。当直の巡査もそのメイドに気があったみたいで、ちょっとそのかしたらすぐにいなくなったみたいよ。それで、その隙に行商人といっしょに逃げた」

ちなみにティエンの嗅いでいたニオイは、このメイドのニオイだった。密猟者についていたニオイでもあり、追跡を可能にしたのもニオイのおかげだった。

エミリたちが警察署を訪れると、巡査は「また酒くれんのか？　どんだけ気前がいいんだよ～。明日から嵐でも来るんじゃないか？」と言ったが、彼にとっては3回目の振る舞い酒なので、それもあって「また」という言葉が出たのだ。「嵐でも来る」とはエミリもずいぶんな言い方だとは思ったが、3回目だったのなら納得ではある。

「あたしたちもすごい身体能力の人がいると聞けば、すぐに月狼族と結びつけちゃうけど……そんな簡単には見つからないわね」

「はい……」

「ティエンほどすごい子はいないんだしね？」

「はい！　もちろんです！」

やたら元気よくニナはうなずいた。

そのとき、眠っているはずのティエンの耳がぴくりと動いたような気がした。

「…………」

「…………」

エミリとニナは顔を見合わせ、

「……ティエンってほんっといい子なのよ」

「はい！　知っています！　昨日も重い荷物は全部持ってくださいましたし」

「すぐにお手伝いしてくれるのよね」

「そうなんです。ティエンさんがいるだけでわたしのメイド仕事がすごくはかどります」

ぴくぴく、と耳が動く。

「ふふ。それじゃ、街を出る準備をしよっか。買い出しも必要でしょ」

「そうですね。誰か買い出しにお付き合いしてくださるとありがたいのですが……」

むくり、とベッドに起き上がったのは——もちろんティエンだった。

「……おはようなのです。チィは今日いちにち、とってもヒマなのです」

エミリとニナはもう一度視線を交わし、笑ったのだった。

そのころ——署長のお屋敷では、ファルコンことファースも起きて身支度を整えていた。食堂に向かうと、昨晩のうちにニナが調理してくれていたスープがあり、使用人の娘が焼いてくれたパンと淹れたお茶とが出てきた。

スープはやはり絶品だったが、パンとお茶はほどほどだ。ウェストハイランドのような田舎町でこれだけのものが食べられるのは上等と言うべきだろう。

アストリッドはお役御免とばかりにニナたちと同じ宿に行ってしまったので、ファースはひとりぼっちである。

「お、おはようございます……」

とそこへ、憔悴した様子の署長が入ってきた。

先ほど起き抜けに、昨晩起きた出来事を知らされたということをファースは知っている。どたどたと巡査がやってきて報告しているのが筒抜けだったのだ。

「署長殿、昨晩は大変でしたね」

「え、ええ……」

脱獄などがバレたら、代官からどんな処分が下されるか。しかも自分が振る舞った酒が原因である。署長が憔悴するのも無理はなかった。

「しかし見事な采配でしたね、署長」

「……は？」

「密猟者の背後には手引きをしている者がいるとわかっていたのでしょう？　だから振る舞い酒という一芝居を打って、その者を釣り出した。貴族家の使用人であれば捜査ができませんが、現行犯であれば話は別。ここまでの深謀遠慮とは恐れ入りました」

「――――」

そのとき、憔悴し切っていた署長の目に光が戻り、やがてきらきらと輝き始めた。

「そ、そそそそのとおりですとも！　別荘のメイドを釣り出す作戦！　なるほど！」

「い、いい、なるほど？」

「い、いえいえ！　なんでもないです！」

署長は首を横にぶんぶん振って自分の失言を誤魔化した。

もちろん、実際には現行犯逮捕ではなく貴族家の敷地に逃げ込んだところを捕縛しているのでちょっと違う。おそらく貴族家はそれを盾に、メイドの釈放を主張するだろう。だけれどそれはメイドが大事なのではなく、自分のメンツを大切にしているだけだ。メイドは貴族家に引き渡され、その後解雇されて故郷に帰るか別の地にでも行くしかない。だけれど代官は、交渉の過程でその貴族に貸しをひとつ作ることができる。貴族への貸しなどそうそう作れるものではないので、メイドを捕らえた署長は代官から大変なお褒めの言葉をいただくことになるはずだ。

「昨晩は私も追跡騒動を見物に行きましたが、巡査たちはなかなかの働きでしたよ」

「そ、そうですか！」

「署長がお休みだったことは、私の胸にしまっておきましょう」

「!?」

実際にはファースは、ニナたちが心配で出て行っただけだったが、しっかりと署長に恩を売っておくことも忘れない。田舎町の警察署長に恩を売ったところでなんにもならないのだが、売れる物があれば売る、というのは商人にとって当然のことなのである。

「ファルコン殿にはお世話になりっぱなしですな……」

さすがに署長は恐縮しているようだった。

自らの不祥事を、一転して手柄に変える「言い訳」を考えてくれただけでなく、酔って眠っていた事実も秘密にしてくれるのだ。

「いえいえ、構いません。私はもうここを発ちますし」

「そうなのですか!?　そ、それは残念です……ファルコン殿とはもっと多くのことを語り合いたかったのに……」

心底名残惜しそうに言われ、やたらとこのオジサンに懐かれてしまったものだなとファースは内心で苦笑する。

「なにかファルコン殿のお手伝いでもできればいいのですが……」

「お気遣いなく」

食事を終えたファースは立ち上がろうとして、

「ああ、もしご存じでしたらで結構なのですが、月狼族についてご存じのことはありませんか？」

そうたずねた。

元はと言えば密猟者が月狼族ではないかという疑惑があって、こんな芝居をしているのだ。

期待はしていなかった。五賢人のトゥイリードですら希少種族の習性をすこし知っていた程度なのだから。

「月狼族……と言うと、ええと、確か耳がぴょこんと立っている……」

きょとんとした顔で署長は言った。

やはり、その程度なのだろう。むしろ月狼族について少しでも知っているだけ署長は物知りだったと言えるのかもしれない。署長は新聞も読んでいるようだったし。

「ええ、その月狼族です」

「独裁国家のノストに月狼族の武官がおりますな」

「ええ、ノストの――」

え？

と思わずファースは固まった。

「ファルコン殿はノストが独裁国家であることはご存じでしたか？　首領、と呼ばれるノストのトップがことのほか鱗翠尾長を気に入っていましてね。毎年、ウェストハイランドから1羽を譲る契約となっております。そのときやってくる武官が、月狼族だったはずです」

思いもかけぬところから、有力な情報が転がってきた。


「はぁ……」

と、窓辺でため息を吐いているのは署長であり、それを見上げているのは表通りにいる巡査たちだった。

「おいおい、なんだよあの署長。気味悪いったらねえぜ」

「まったくだ。ため息で絵になるのは美女だけって相場が決まってる」

「あのファルコンって旦那がいなくなってからこの調子だぜ」

「ゲッ、まさか署長は恋煩いか？」

「こりゃあ、俺らも手籠めにされねえように気をつけなきゃなあ」

そんなことを言ってガッハッハッと巡査たちは豪快に笑うのだった。

「——ん？　なんだあの馬車は」

とそこへ、黒い革で覆われた馬車がやってきた。それを牽くのもまた黒毛の馬なのだが——足が6本ある特殊なモンスターだった。

首に巻いた魔道具によって凶暴性を制御しているようだが、こんなモンスターを街中で走らせてはたまったもんじゃないと巡査たちは馬車を呼び止めた。

「おおい！　そのけったいな馬車、停まれェ！」

向こうも停まるつもりだったのかすぐにスピードを緩めて停車する。

「おいおい、困るんだよ。モンスターが街の中に入ってきちゃ」

「——モンスター？」

馬車の扉が開くと、

「見慣れぬ生命体を見ると、すぐにモンスターと決めつけるのは愚者がすることだ。そもそもからしてモンスターと動物の区別がどこにあると思っている？」

「は？　な、なんだって？」

中から出てきた若い男は言った。

「この街を、メイドと、魔導士がいる風変わりな一行が通っただろう？　連中はどこに行った？」

第3章 旅は良いものだ、と賢人は言った

今回の旅の目的地は幽々夜国であり、そこにはニナの師匠であるヴァシリアーチがいるはずだった。その幽々夜国は非常に小さな国で、国土はぐるりと独裁国家ノストによって囲まれているので、まるで飛び地のようだった。

ニナたちが今いるユピテル帝国とノストの間には小国ライテンシュタールがあり、ライテンシュタールを越えていくことがノストへの最短ルートだ。

「へぇぇ、ノストに月狼族の武官がいる、ねぇ……」

「ノストとライテンシュタールは友好国同士だから、鱗翠尾長を仕入れるために武官がやってくるというのは自然だね」

「なにより、署長がその武官に会っているというので確実な情報です」

エミリとアストリッド、ファースがそれぞれ言った。

「武官の名前は、レイリンと言うそうですが……」

「レイリン……聞いたことはないのです」

ティエンは首を横に振った。

「残念ながらティエンさんの知り合いではなさそうですが、レイリン氏がノストにいるのは確実です。幽々夜国に行く前に会って話を聞くべきでしょうね」

「でも武官でしょ？　そう簡単に会えるのかな？」

エミリの疑問に、ファースは、

「おそらく大丈夫でしょう。高位武官なら難しいかもしれませんが、ウェストハイランドまで足を伸ばしてくるような方でしたら、それほどではないはず……」

「それもそうね。チャンスがあるなら、行くだけ行ってみましょうよ、ティエン」

「はい……！」

とそこへアストリッドが、

「……一応聞くけど、まさかそこまであなたがついてくることはないよね？」

「そ、そんなに邪険にしなくてもいいじゃないですか！」

ファースがちょっと傷ついた顔をした。

「はい、はい、おっしゃるとおり私は国境までですよ……次の町、ボーダーガードで引き返すことになります。『アス・ニナ商会』をこれ以上放ってはおけませんし……」

「そうよね――ちょっと待って、ファースさん。今なんて言った？」

「いえいえ、なにも言っていませんよ。戻ってケットさんと、冷蔵魔道具の量産化を進めなければと、それだけです」

「………」

不穏な単語を耳にしたような気がしたアストリッドだったが、それ以上の追及はしなかった。いずれにせよファースはこの一行から――というよりニナから離れるのだから、今はそれでいい。

いまだにニナを守ろうとしているアストリッドである。

別にアストリッドだってファースが嫌いなわけではない。だけれど「メイドさん」一行にファースが加わっているとやりづらいことも多いのだ。

宿の部屋を確保するにもバランスが悪いし、お風呂や着替えの問題もある。それに、もうひとつ大きな問題があった。

「あら若旦那、今日はこちらにお泊まりで？　ええと何人――」

国境の町ボーダーガードには宿がいくつかあったが、その中でもいちばん清潔そうな宿を選んだ。

宿の女将がちらりと、ファースの後ろにいるアストリッドたちを見ると、露骨にイヤそうな顔をした。

これである。

ファースのような「身なりのいい色男にくっついている女ども」というふうに見られてしまうのだ。

自身の容姿に無頓着なのか、ファースはまったく気にした様子がないし、ニナやティエンはもちろん、エミリも案外無関心なので自分しか気にしていない状況ではあるのだけれど、アストリッドは気になってしまう。「こいつは無関係なんです」という説明をいちいちするわけにもいかないし……。

「それじゃ、国境を越える手続きをしに行きましょうか」

宿の手配も済むと、ボーダーガードの街へと繰り出した。

ボーダーガードにはふつうの街と大きく違うところがある。それはこのボーダーガードの街は道が極めて広く、その道は街を区切る高い城壁と城門につながっているということだった。

1千人の軍が常駐しており、隊列を組んで移動している部隊も見られる。

つまるところこの広い道は軍用道路になるのだった。

「——とは言っても、軍の出動なんて戦争じゃなくてモンスター討伐のためですけどねえ」

出国手続きを行う管理官に書類を出すと、管理官は書類を確認しながら世間話のように軍のことを教えてくれた。

「モンスター、ですか？」

ニナはお屋敷で過ごしてきた期間が長いのでモンスターとの接点はほとんどなかった。

旅に出て初めてエミリと出会ったときにフェーラルガルーダを討伐し、それからの旅の道中でもエミリやティエンが倒しているのは知っているけれど、実物を見ることはほとんどなかった。ふたりは、モンスターが馬車に接近する前に倒してしまうからだ。

「そういう荒事はあたしたちに任せておきなよ～」「これぱっかりはエミリの言うとおりです」とふたりは言って「『これぱっかり』ってどういうことよ！」とエミリが言ったのだが、それはさておき、

「はい。国境の外は大森林が広がっていまして、ライテンシュタールの首都までは結構な距離があ

ります。ライテンシュタールは知ってのとおり小さな国ですからね、大森林にまで手が回らないんですよ。だから、モンスターの間引きを我が国に委託しているというわけです」

その見返りとして、帝国はライテンシュタールの特産品を安く輸入しているという。

「提出書類は問題ありません。これから審査に入りますが、数日は掛かるので街に滞在していてください。ああ、ちなみに国境から出ることはできますが、ライテンシュタールでは我が国発行の身分証明が必要になりますからね？　そちらは出国審査が無事終わればお渡しします」


「『数日は掛かる』って言ってたけどどれくらいなのかなあ……」

「1日で済むこともあれば、10日のときもあるそうですよ」

エミリがぼやくと、ニナが答えた。

夕暮れどきだったので食堂に入ると、多くの人で賑わっていた。国境の街だけあって商人が圧倒的に多い。

「なんだい、お嬢ちゃんたちはライテンシュタールに行くのかい？　そっちの旦那にくっついて？」

隣のテーブルにいた商人が話しかけてきた。

「彼は無関係です」

ムッとした顔でアストリッドがファースを指差すと、

「無関係ったって、いっしょにテーブル囲んでるじゃないか」

「ははは、ビジネスパートナーですよ」

ファースが割って入った。

「ビジネスねえ……。まあ、ライテンシュタールと取引したいってんなら止めたほうがいいぜ」

「それはどうしてですか？　やはり、出国審査に時間が掛かるからでしょうか？」

「いやあ、そうじゃないよ、メイドのお嬢ちゃん。問題はモンスターだ」

商人が言うには、この3か月ほどでモンスターの出現が増えているのだそうだ。昨日も、襲撃に遭った商隊が命からがら国境に逃げ込んできたと。

「でもモンスターは軍の方々が倒してくださっていると聞きましたが……」

「ああ、いつも通り見回りしてるさ。いつも通りね」

「モンスターが増えているのに、いつも通りでは間に合わないと……」

「そういうこと」

商人はジョッキを持ち上げつつ、モンスターについてあれこれと教えてくれたが、やがて仲間との話に戻ってしまった。

「……気になるわね」

とエミリが言った。

「気になる、とは『モンスターが増えている』ことですか？」

「うん。あの人が今教えてくれたモンスターは、シープジャガー、よろめく緑《スタガリング》、それにラストシェル……種類がまちまちなのよね」

「そう……なのですか？」

「ええ。動物系、植物系、水棲系。モンスターと言っても生態系に従って棲息しているの。たとえばシープジャガーより強力な肉食モンスターがいなくなって、シープジャガーが繁殖してしまうとする。でもそれはスタガリングやラストシェルには関係のない話」

「いろいろな種類のモンスターが、いきなり増えるということはあるのでしょうか？」

「うぅん、そうねぇ。たぶんだけど——」

「——ダンジョンの出現。新種のモンスターが現れ、縄張りを広げたことでそのエリア一帯に棲息していたあらゆるモンスターが巣を追われたのだろう」

エミリの言葉を遮ったのは、彼女たちのテーブルの横に立った男だった。

「え……？」

驚いて見上げたエミリが見たのは、

「お前たち。国境まで逃げていたとはな……見つけるのに苦労したぞ」

フードを目深にかぶっているが、人を射貫くような鋭い視線は隠せない。それに全身に現れている不遜な態度は自信の証拠だった。

声を上げたのは——ニナだった。

「あ、あなたは!?　ミ、ミ、ミ……!?」

最後まで、ニナは言えなかった。

「五賢人」のひとりであるミリアドがそこにいたのだ。


王様や皇帝陛下のような超重要人物でありながら、国の縛りにとらわれない「五賢人」。どこに行こうと、なにをしようと、彼らの自由であることは間違いないのだけれど、

「ダ、ダメですよ!? あんなところにフラッと現れたりしたら！」

当然、命を狙われたり誘拐されたりする危険がある。

きょとんとして、なにが起きていたのかわかっていないエミリたちを置いて――たぶんエミリたちはミリアドの顔を知らないのだ、ずっとフードを目深にかぶっていたので――大急ぎでミリアドを連れて宿に戻ったニナが言うと、

「ほう、ニナよ。お前も慌てふためくことがあるのだな」

してやったり、みたいな顔をしている。

今はフードを外しているので、彼の素顔はあらわだった。

「それはそうですよ……わたしだってふつうの人間なんですよ？」

いや、お前はふつうじゃないけどな？　みたいな顔でミリアドは見てきたが、ニナはそれには気づかない。

「護衛の方……そうだ、お供の方がおふたりいらっしゃいましたよね？　おふたりはどちらに？　ミリアド様ほどの御方がおひとりで出歩くなんて危険です」

「魔導士に護衛など必要はない」

「え、ええ⁉　それじゃあお供の方は……」

「供のふたりは魔塔に帰した」

「そんなっ！　ミリアド様がおひとりになってしまうではありませんか⁉」

「あのふたりは魔塔に帰れると聞いたら大喜びで出て行ったぞ。三度の飯より研究が好きだからな」

ニナは、むむむと眉間にシワを寄せつつ目を閉じた。

魔塔は魔術と魔法の研究をする奇人変人が集まるところだと聞いたことはあったけれど、こうしてその主を目の前にすると、それが真実なのだと思い知らされる。

「で、では、ミリアド様をしかるべき場所へお連れしなければなりませんね……幸いこのボーダーガードには兵士さんがたくさんいらっしゃいます」

「ふむ？　私は自分の目的さえ達すれば魔塔へ戻るつもりだ」

「よかったです。ではその目的とはなんでしょうか？」

「あの女魔導士が欲しい――『第5位階』の魔法を使える魔導士であり、お前の仲間だ」

「！」

ぎくりとした。

エミリは類い希なる才能を持っている魔導士であり、「第5位階」までの魔法を使える。これがどれくらいすごいのかと言うと「第5位階」の魔法を扱える魔導士は、国に数人しかいない。

ニナはエミリの魔法がすごいことを知っているし、いずれ彼女が注目されるのだろうとは思っていたけれど、どうしてミリアドが。

「もしや、賢人会議のときに、エミリさんが魔法を使ったのをご存じなのですか」

「ああ、そうだ。トゥイリードが遠見の魔法を使ってな、この目でしっかりと確認した」

「確かにエミリさんはとてもすごい魔導士さんですが、魔塔にもすごい魔導士さんがいっぱいいらっしゃるのでは……」

「それはそうだ。『第5位階』を使える者なら二桁はいるだろう。だが、あの魔導士は創作魔法を使える。これは非常に少ない」

「創作魔法……？」

「系統立っていない独自の魔法だ。首都のテロで、爆発による炎を鎮めるために使われた『清冽《せいれつ》なる昇龍』は創作魔法であり、失伝していたのだ。だというのにあの魔導士が成功させた。こんなに面白いことはないだろう？」

「そ、そんなことが……」

「失伝したのは何十年も前だ。あの魔導士について冒険者ギルドに問い合わせたが、特に師匠はいないという。であれば文献を頼りに魔法を復活させたということになり、とてつもない才能の持ち主だ。それほどの能力があるのならば魔塔にスカウトしたい」

「魔塔に――エミリさんを……」

「フッ。エミリという名前を探るのは簡単だったぞ。『メイドさん』なんていうパーティー名があったからな。お前はどう思う？　エミリが魔塔に行くことは」

大陸中の優れた魔導士が集まる魔塔に入ることは、奇人変人の集まりではあるかもしれないけれど、ひとつの最高到達点であることは間違いない。

その魔塔の頂点であるミリアドがスカウトしようというのだ。

トゥイリードと同格であるミリアドの時間は、とてつもなく貴重だ。そんな時間を割いて、わざわざこの辺境の街までやってきたのだからミリアドの本気度がうかがえる。

「それは、その……」

「ちなみに、エミリとお前がいっしょにいられなくなるという心配は必要ない」

「え……？」

「お前も来るといい。……そう」

ミリアドは人差し指をニナの胸元に向けたときだった。

「ちょっとニナ、どうしたの急に――」

「お前が欲しいのだ、ニナ」

「――宿に、戻ったりし……」

部屋に飛び込んで来たエミリはそのワードだけを聞いた。

「えええええええ!?　ちょっ、ちょちょっ、ちょっ、待って待って待って！」

フードを外したミリアドを見たエミリが叫んだ。

「誰そのイケメン!!」

「ミリアド様です」

「ミリアドって誰！」

「『五賢人』でいらっしゃいます」

「ごけっ……!?」

　喉を詰まらせたニワトリみたいな声を発したエミリは、あんぐりと口を開けたまま、凍りついたのだった。


　それからしばらくしてから戻ってきたアストリッド、ティエン、ファースの3人は、エミリとは別行動でニナを探していたらしい。ティエンの鼻があれば追跡可能だったのではないかと思ったニナだったが、

「ニオイや痕跡を消す魔法くらいは使える」

　と謎のドヤ顔でミリアドに言われた。

「えーっと……つまり、ミリアド様はあたしを魔塔にスカウトしに来たってことですか」

　事情をようやく呑み込んだエミリは言った。

　狭い部屋に6人はぎゅうぎゅう詰めだが、かといってミリアドを外に出すわけにもいかないのでこのままだった。

「来るか？」

「いやー、別に興味ないですね」

すっぱりとエミリは断った。

「ほう？　魔法の研究に興味はないということか」

「いいえ、そうじゃないんです。あたしはニナのおかげで『第5位階』をようやく使えるようになったばっかりなんで、まだまだニナといっしょにいたい。旅も面白くなってきたところだし……」

「『ニナのおかげで魔法を使えるようになった』とはどういうことだ？」

「あ、ヤバっ」

エミリが余計なことを言ったせいで、ミリアドのニナへの興味はますます深まった。

「ふっ、その秘密については語りたくないようだな。では質問を変えよう。どうやって創作魔法を使えるようになったのだ？」

「創作魔法って言うんですか、アレ。火を消すにはたっぷり水が必要だなって思って、本に書いてあったのを思い出したから使ったんです」

「……まさかぶっつけ本番か？」

「あんな魔法、練習できる場所なんてないでしょー。あと、濠《ほり》に水がたっぷりあったから都合が良かっただけですよ」

「ふむ……私はな、ニナもともに魔塔へ来ればいいと思っている。ニナにとっても働きがいのある場所だと思うが、どうだ？」

「えっ、ニナも!?　それならいいかも——ぐぇっ」

「こらこらこら、エミリくん」

アストリッドに襟首を引っ張られたエミリ。

「ほう、お前はあの発明家ではないか。お前もいっしょに来るがいい」

「えっ、私もですか」

「世界でも有数の触媒貯蔵庫があり、研究し放題だぞ。お前の書いた『精霊力からの転換魔力による魔術執行における前段階研究と、その実践方法』が魔塔を賑わすことは必至だろうし、おそらく1か月も経たずにお前の論文を改良した試作がいくつも出てくるだろう。お前がいると話が早い」

アストリッドは驚いた——ミリアドが、この賢人が、自分の論文のタイトルを正確に覚えていたことだ。1か月後にこうなるという話も、彼がちゃんと論文を読んだからこそ言えることだろう。

「そ、そうですか？　私も魔塔に行ったほうがいいのかな——ぐえっ」

「しっかりするのです」

「そ、そうですよアストリッドさん！　あなたまで！」

ティエンに襟首を引っ張られたアストリッドは涙目で振り向くと、ファースがじろりとミリアドを見据えていた。

これがあの「五賢人」であるミリアドだと知ってからというもの、ファースは自らが存在していないかのように気配を消していた。それは商人としては当然のことだった。確かに「五賢人」に認められれば商人として大成することは間違いない。そしてそれを狙って多くの商人が「五賢人」に突撃していく——返り討ちに遭うところまでがセットだ。

ましてや相手は魔塔の主、ミリアドである。

奇人変人集団の長である。

自分の常識は通じず、歓心を買うことが極めて難しいことは想像に難くない。損得勘定だけで考えればミリアドに突撃するのはただの無謀。商人としていちばんの得を考えるのなら、彼の言葉を一言一句正確に覚えて、情報として蓄積することだろう。

だから、気配を消していた。

そんなファースが口を開き、あまつさえミリアドをにらみ、前へ一歩出た。

「……何者だ、貴様？　商人のようだが、お前を呼んではいない。失せるがいい」

「そうは参りません、ミリアド様。私はアストリッドさん、ニナさんのアイディアを元に商品化を進める契約をしております。そのため、魔塔に連れ去られては困るのです」

ファースが毅然と言い返したが、アストリッドは、腰の後ろで重ねた彼の指先がかすかに震えているのに気づいた。

「ふー……」

呆れたようにミリアドはため息を吐いた。鋭利な印象を与えるミリアドだけに、アンニュイな感じのため息は非常によく似合う。

「その商品とやらが生み出す利益を言え。魔塔が払ってやろう」

「……そうすれば、私が納得してニナさんたちを差し出すと？」

「この大陸の懸案である『冥顥自治区』を有効利用できるであろう『大陸横断鉄道』敷設に、この発明家が尽力できる。お前に金を払う程度でそれが実現できるなら当然そうする」

メイドなら当然です。
三上康明
Illustration キンタ
濡れ衣を着せられた万能メイドさんは旅に出ることにしました
Ⅳ
"This is a common maid skill."
The supermaid has got time to go on a journey by being falsely accused.

初回版限定
封入
購入者特典

特別書き下ろし。

ふたりのお話

※『メイドなら当然です。Ⅳ　濡れ衣を着せられた万能メイドさんは旅に出ることにしました』をお読みになったあとにご覧ください。

ふたりのお話

宿の外には多くの女性が集まっている。彼女たちはニナに「刺繍」を教えて欲しいのだ。

ニナが自らの手で縫ったハンカチの刺繍が美しく、こんなに小さな女の子ができるのなら簡単に、美しい刺繍が自分にもできるに違いないと思って。

（はぁ……別にニナが悪いんじゃないってわかってるのに）

アストリッドとティエンが出て行った宿の部屋で、エミリはちょっとした自己嫌悪をしていた。

ニナが悪いんじゃない。それはわかっているのだけれど、こうも行く先々でニナの実力が認められて、人が集まってきて、そこから逃げるように街を出るのは結構大変なのだ。

「……エミリさん、ごめんなさい。わたし、エミリさんを困らせてばかりですね」

しょんぼりしたニナに言われて、エミリはハッとする。

「ち、違うわよ！　そういうことじゃないって！」

「ですがエミリさんを怒らせてしまって……」

「怒ってない！　ないから！」

「ですが……」

「ほんとに……怒ってはないから」

エミリが繰り返すとニナはわかってくれたようだった。

「お茶を淹れ直しますね」

そう言って立ち働くニナに、

「ううん、今日はあたしが淹れるわ」

とエミリは言った。

「ですが……」

「ニナ」

エミリは、ニナの顔の前に手を広げた。

「今日は『ですが』禁止。ね？」

「は、はい」

お湯を沸かし、ティーポットに茶葉を入れ、お湯で蒸らす。誰が淹れるにしたってお茶の淹れ方は変わらないけれど、ニナの所作は洗練されていて無駄な動きがない。ちょっとだけこぼれた茶葉を見て思わずエミリはため息が出た。

（……それでも、やらせてくれるんだよね）

すこし前までのニナなら「お茶を淹れる」と言ってもやらせてくれなかっただろう。「メイドなら当然です」と言って。だけれど今はこうしてエミリにお茶を淹れさせてくれる。そういえばさっきもエミリを怒らせたとしょんぼりしていたが、「メイド失格です」みたいなことは言わなかった。きっと、ニナにとってエミリは「奉仕する相手」ではなくなったからなのだろう。そこは素直にうれしい。

「美味しいです、エミリさん」

「…………」

お茶を飲んだニナはそう言ってくれたが、どうして同じ茶葉と水を使ってこんなにも味が違うのか、エミリは不思議でしょうがなかった。もちろん、ちゃんと美味しいお茶なのだけれど、ニナが淹れると「絶品」にまでなるのだ。

「さて、と」

エミリはイスに座り直した。

どうしてアストリッドがティエンを連れて出ていったのかはわからないけれど、これはいい機会だと思った。

「ニナ、あたしたちはもうちょっと話し合う時間が必要だと思うの」

「話し合う……ですか？」

「あたしたちって出会ってすぐに旅に出てるし、旅の途中で起きたことについては話すけど、昔のことってあまり話さないじゃない？　だから、そういうのを知る時間も必要だなって」

エミリはニナがメイドになった経緯や、メイドをクビになった経緯を知っている。でもそれはどちらかというと「情報」として知っていることだった。ニナが小さいころにどんなものに感動したとか、楽しかったとか、そういうことを知らなかった。

だから、知りたかった。

「わ、わたしもエミリさんの小さかったころを知りたいです！」

するとニナも両手を胸の前で握りしめて、前のめりになった。

「そう？　それならよかったわ」

「きっと可愛らしい女の子だったんでしょうね……今のエミリさんを見ていたらわかりますもの！」

「そ、そう？　それほどでもないけど……」

「小さかったころのエミリさん、見てみたかったなぁ。あ、でもそのときはわたしも小さかったたってことですね。肖像画とか残っていませんか?」

目をキラキラさせながら聞いてくるが、肖像画なんて残っているわけがない。

というかそんなに食いつかれると照れる。

まさかここまで前のめりの反応だとは思わなかった。

「そ、そうね。ないわね。写真でもあればいいのに」

「シャシンとはなんですか?」

「あーごめんなさい、忘れて」

思わず前世の知識を口走ってしまった。

「あたしの小さかったころなんて別にかわいくなかったと思うけどな……それでも聞きたい?」

「はい!」

少々食い気味に言われ、エミリも噴き出した。

「それじゃお互いにひとつずつエピソードを話すのよ? あー、こういうときに話題を振るサイコロでもあればいいのになぁ」

日本にいたときに見た某番組のトークテーマを決めるサイコロを思い出しながらエミリは話し出した。

「あたしが5歳のころなんだけど……」

話して、聞いて、エミリは思う。

どうしてこのブリッツガードで、ニナに対する苦言を口にしてしまったのか。

(あたしはきっと……ニナを取られるのが怖いんだ)

ニナが見くびられるのはイヤだけれど、もしちゃんと認められたら、多くの人から「欲しい」と思われるに決まっている。こんなハンカチひとつで目立って欲しくない。だって、ニナはもっとずっとすごいのだから。

(いつまでもこうはいかないってわかってるけど……少なくともしばらくは、あたしたち4人の旅でいいんだ)

そう思うエミリなのだった。

もちろんこの後ファースと再会し、さらには国境の町ボーダーガードでミリアドに追いつかれるなんてことは想像だにしなかったのだけれど。

ファースは優れた商人であったので「冥顥自治区」という草木も生えない広大な砂漠地帯について知識を持っている。だからこそ、その砂漠地帯に「大陸横断鉄道」なんていう商人からしたらロマンあふれるワードが火の玉ストレートのように飛んできたものだから、「どういうことですか!?」とばかりにアストリッドを見てしまうのは無理もないだろう。サッ、とアストリッドは顔を背けた。

「くっ……お、お言葉ですがミリアド様、これはお金の問題ではありません。私が商品化しようとしているものは、人々の生活を一変させるものです。夢を、文化を、お金で買えますか？」

「ほう……」

まだそんな面白い隠し球を持っていたのか、という目でミリアドはアストリッドを見たが、アストリッドはさらにサッと顔を逸らしたので首の角度がすごいことになっていた。

「ではその研究も魔塔で引き継いでやろう。発案者がこの発明家であるなら、権利はこの者にある。魔塔には魔術の匠も数多くいるゆえ、商品化はたやすく、魔塔が売り出せば瞬く間に世界に普及する」

「そ、それは……」

「――ダメです」

口を挟んだのは、ニナだった。

「ミリアド様、こちらのファースさんには、わたしがお屋敷を追われたころからずっとお世話になっています。なにも持たないただひとりのメイドであったわたしであっても、ファースさんはまったく態度を変えずに真心をもって接してくださいました。もしファースさんにご迷惑が掛かるようなことがあるのでしたら、ミリアド様からのご提案はすべてお断りします」

きっぱりとした拒絶の言葉だった。

泡を食ったのは他ならぬファースだった。

あの「五賢人」を相手にそんな失礼なことを口にしたら……と、傲慢と理不尽という言葉がよく似合う貴族と付き合いをしてきたファースは、貴族以上の存在である「五賢人」は傲慢と理不尽が服を着て歩いているのであろうと考えているフシがあった。

「ダ、ダメですよ、ニナさん……！　そんなことを言って、ミリアド様の機嫌を損ねたら……！　ニナさんの身に危険が！」

「……お前、私をなんだと思っている？」

ムスッとした声でミリアドは言った。いや、この賢人は始終ムスッとしているようにしか見えないのだけれども。

「ニナよ、お前はメイドとしての栄達よりも商人との仁義を優先するのだな」

「はい。ファースさんが商人であっても、料理人であっても、変わりません。メイドとしての栄達が遠のいたとしても、わたしは自分の納得できる生き方をするべきだと思っています」

「面白い。お屋敷に所属することだけがメイドの生き方ではないということだな」

「……旅に出て、わたしは少々考えが変わったようです」

ふっ、と小さくミリアドは息を吐いた。

「わかった」

そうして彼は立ち上がった。

「ならば私は引き下がろうか。お前たちの行く末に興味が湧いてきたからな」

そんな言葉を残してミリアドは去っていった。

彼がいなくなっても緊張の糸は張り詰めていたのだけれど、

「ふぅ……」

ニナが小さく息を吐くと、それはふっつりと切れた。

「――わっ、ファースさん!?」

アストリッドの横でファースが尻餅をついた。

「は、ははは……めちゃくちゃ緊張しました。『五賢人』ってあんなに怖いんですか?」

「ええっと」

ニナはちょっと考えたが、

「人それぞれです」

と濁した。

「とりあえずファースさん、ミリアドさんは怒っても人に危害を与えたりする人ではないので大丈夫ですよ」

「そ、そうなのでしょうか……。確かに、合理性を突き詰めたような方だとは思いましたが。きっとあの方は、商人が金を手に入れ、魔術を魔塔で研究するほうが合理的だろうと無邪気にお考えなのでしょうね……。私たちの仕事を奪うというつもりは全然なくて」

「はい。そうだと思います」

「それだけに厄介だと思いましたね。魔塔に商品を卸している商会が極端に少ない理由がわかった気がします」

「あははは……」

それだけ気難しい顧客、ということだろう。

「それにしても意外だったのは、ファースさんがミリアド様に口答えをしたところだね。懸命な商人ならば五賢人を相手に抵抗したりしないものだと思っていた」

アストリッドが言うと、

「いえいえ、誰が相手であろうと筋が通らないことに対しては声を上げますよ。もちろん、一歩引くことで相手に貸しを作る商人もいますが……」

「貸しだって？　あれじゃミリアド様に嫌われただけでは？」

「そうかもしれませんが……」

「ニナくんを奪われるわけにはいかないってこと？」

「いえ！　そういうわけではありませんよ。ニナさんがもしも魔塔で働きたいとおっしゃるのでしたら私も全力で支援させていただきます」

「へぇ～。私はてっきり、ファースさんがニナくんを奪われたくないがために魔道具開発を盾にしたのかと思ったけど」

「ま、まさか。からかうにもほどがありますよ」

「はいはい」

「ほんとうにそう思ってますからね!?」

「まあまあおふたりとも」

ニナが間に入ってファーストとアストリッドをとりなす。そんな3人の横では、

「…………」

「……どうしたのです、エミリ。さっきからじっと考え込んで」

ティエンがそっとたずねた。

もしかしてエミリは、魔塔というところに行きたいのかもしれない——いつも楽天的で、いや、楽天的というかどこか抜けてるくらいなにも考えていなくて、思いつきがあってもがばがばのエミリだけれど、やはり魔導士である以上は魔法の最高峰である魔塔に行きたいのかもしれない……。

ティエンはふとそう思ったのだった。

「……あのさ」

エミリはティエンにだけ聞こえるほど小さい声で言った。

「『メイドとしての栄達』ってなに？　って聞きたかったけど、聞ける雰囲気じゃなかったのよ
……ティエンは知ってる？」

「…………」

やはりエミリはなにも考えていなかったようである。

「よし、では国境の外に出るぞ」

翌朝、食堂に現れたのはミリアドだった。

手にしていたパンを、ファースは思わず落とした。

「え、いや、ちょっ、ミリアド様……？」

「なんだ、商人」

「あのー……昨日お帰りになったのでは？」

「今日のところは『引き下がろう』とだけ言ったが？　なんだ、私が来たら迷惑か」

迷惑です。と言いたいが、「五賢人」に失礼はできない。傲慢と理不尽が服を着て歩いているのだから、「お前はヴィク商会の倅《せがれ》か、今後ヴィク商会とは一切の取引を禁じるよう出入りの商会にも声を掛けよう」とか言ってきそうだし。ヴィク商会から抜けたとは言え、好き好んで家族に迷惑を掛けたいわけではない。

「ええと、その……『国境の外に出る』というのはどういうことでしょうか？」

「出国手続きが終わるまでお前たちには時間がある。国境の外にはモンスターが増殖している。暇つぶしには持ってこいだ。――行くぞ、ニナ、エミリ」

「えっ、あたし？」

「わたしもですかっ？」

「それはそうだ。国境の外でどうやって食事を摂るつもりだ。私はジャーキーだけでも構わんが」

「無理です！　ニナがいない生活なんて1日も耐えられない！」

一瞬でエミリが音を上げた。

「エミリくん……君、ニナくんと出会う前はひとりだったでしょ」

アストリッドが呆れていたが、

「じゃ、アストリッドはいいのね？　あたしがニナを連れていっても」

「………」

腕組みしたアストリッドは、

「……国境の外でも荷物持ちくらいはできるかな？」

「ほらぁ！」

「違うよエミリくん、私はただ国境の外に出れば新しい発明の刺激を得られるかもしれないと思っただけなんだ」

真顔でアストリッドがどうでもいいウソを吐いていると、ファースが言った。

「あ、あのっ！　ミリアド様はどうしてモンスターの間引きをしようと思われたのでしょうか？　ミリアド様は大変ご多忙でいらっしゃいますし、危険なことですし、そもそもここにはユピテル帝国軍も駐屯しています」

「商人よ、愚問だな。あのやる気のなさそうな軍隊に任せておいてはいつまで経ってもモンスターは減らんだろう。そして、ダンジョンの暴走により大惨事が訪れる」

「!?」

突然のミリアドの発言に全員が言葉を失った。

「なんだ、その顔は。昨日も言っただろう？　新種のダンジョンが出現したのだ。これを放置すればやがてモンスターがあふれるぞ」

この世界のダンジョンは発見され次第、国に報告され、冒険者ギルドが管理することになる。もちろん、世界中のすべてのダンジョンを把握することはできないけれど、街の近くにあるようなものであれば管理しておかないとそこからモンスターがあふれてきたりして被害が出る。

「で、ではこの街の冒険者ギルドに連絡をしたほうが……」

「したぞ」

「えっ」

「昨日、ここに着いてすぐにギルドには行った。だが連中は聞く耳を持たぬでな。『モンスター討伐は軍の管轄』の一点張りだった。まったく時間の無駄であった」

「……え、ええと、ミリアド様、もしかしてご自身のお名前は明かさずにギルドに伝えたのではありませんか？」

「ん？　無論、そうだが？　私は善意の通報者だ」

ミリアドは「当たり前だろう」という顔だった。

「ミリアド様。あなた様が身分を明かせばきっと対応は変わったことでしょう」

「それは筋が通らぬぞ、ニナ。貴族や地位のある者からしか話を聞かぬのであれば、市井の民草からの通報は無視してもいいということになる」

「！」

それはそのとおりだった。通報者が誰であれ、冒険者ギルドは真摯に向き合うべきだ。

「……おっしゃるとおりでございます。わたしが浅はかでした」

「よい」

まったく気にした様子もなく、ミリアドは言う。

彼の偉いところは——トゥイリードもそうかもしれないが——「五賢人」であることをひけらかさないところだった。そして彼の判断はすべてが理屈によって裏打ちされており、正論なのだ。彼自身の行動もまた、合理的でブレない。

それはある種のすがすがしささえあったが、融通が一切利かない彼の態度は、人の社会においては「気難しい」「変人」と思われるのも当然かもしれなかった。

「モンスターとの遭遇数の変化を見るに、ダンジョンの出現位置はこの街からそう遠くないと私は見ている。前人未踏の新ダンジョン発見など、人生でそうそう経験できることではないぞ。フッ、腕が鳴る……ダンジョンの位置を地図に記して突き出してやれば、さすがのギルドも善意の通報者をむげにはできるまい。——ニナ、準備を頼む」

「はい！」

ニナはうなずいたが、

「……ニナさん、ちょっと待ってください」

　ファースがそこに割って入った。

「ミリアド様、もしやとは思いますが、新ダンジョンを誰よりも早く見に行きたいから張り切っているとかそういうことはないですよね？」

「……なんの話だ、商人」

「ミリアド様はここで魔塔にお帰りいただいて、私たちだけで確認しに行くという方法もあり得るわけです。というか、常識的に考えればミリアド様をモンスターのいる森に連れ出すというのはあり得ません」

「…………（チッ）」

「今舌打ちしましたね!?」

「なんの話だ、商人。大陸を見渡しても私ほどにモンスターへの造詣が深い魔導士はおらん。エミリの力を確認する好機でもある。つまり私が行く」

「ですが、ミリアド様」

「行くと言ったら行く。おい、商人。お前はどこぞの大商会の倅だろう？　私が一声発すれば、お前の家族にも迷惑が掛かるかもしれんぞ」

　これにはさすがのファースも目を見開いた。

「ほう……」

　まさに、それはファースが心配していたことではあったけれど、次に彼の目にあったのは、

「『五賢人』であらせられるミリアド様ともあろう方が、いち商人を脅すのですか？」

闘志だった。

「魔塔に出入りしたいと考えている商人はいくらでもいるという、当たり前のことを伝えたまでだ」

「構いません。どうぞ、私の家族に迷惑を掛けてください」

「なんだと？」

「私はファース＝ヴィク。ヴィク商会の商会長の子であります。ヴィク商会を排除したければどうぞなさってください。商売上の損失など所詮は金銭的なこと。ミリアド様のお身体に危険が及んだ場合、その損失はどうやっても取り戻せません」

「…………」

言い切ったファースを、ミリアドは見つめていた——もとよりミリアドの顔には表情があまりないのだが、このときはよりいっそう能面のようで、まるで感情を読み取れなかった。

ふたりのやりとりをはらはらと見つめているニナだったが、

「……ふん、お前がなにを言ったとて、私は勝手に国境を出るからな」

最後はふてくされたようにミリアドが言った。

「出発は昼だ。それまでに必要な物品をそろえておくように」

そうして彼は宿を出て行った。

合理の塊である彼が、感情をあらわにしたようにさえ見えた。

　無言でミリアドが去っていくのを見送った面々だったが、最初に口を開いたのはアストリッドだった。

「ふー……肝が冷えたよ。まさかファースさんがミリアド様にケンカを売るだなんて」

「あれ？　アストリッドさんは私の心配をしてくださったんですか？」

「し、心配なんかじゃなくて――」

「ニナさん、私はちょっと冒険者ギルドに行ってきます。次に軍にも顔を出して、モンスターの脅威度について確認します。あのミリアド様の雰囲気だと、出発を取りやめていただくことはできないでしょうから、打てるだけの手は打ちたい。できれば護衛ができる冒険者か、傭兵でも集めたいですが、この街にいるかなぁ……やれるだけはやってみるので、私が戻るまでは絶対に出発しないでくださいね」

「は、はいっ」

　ファースは朝食もそこそこに宿を飛び出していった。

「護衛ならチィがいれば大丈夫なのに」

「ええ？　ティエンくんはニナくんしか助けないでしょ」

「ニナが安全だったらあのフードの男も助けるのです」

　ティエンは胸を張っているが、

「不安だなぁ……」

　アストリッドは胡乱《うろん》な顔である。

「実際のところ、どれくらい危険なんだと思う？　エミリくんは」

「うーん」

エミリは腕組みして唸ってから、

「まあ、そんなに危険はないと思うわよ。だってそれほど危険なら商隊の行き来だって制限されてるはずだし。後はダンジョンを発見できるかどうかだけじゃない？」

「発見して、地図に記して、帰るまでが冒険《ピクニック》というわけか」

「それでミリアド様の気が済むならやっちゃいましょ。どうせあたしたちだって数日やることがないんだし」

頼むわよ、荷物の運搬人さん、とエミリはアストリッドの肩をぽんぽんと叩いたのだった。


国境の門の前に現れたミリアドは、いつも通りのフード姿で、手荷物すら腰のポーチ程度だった。

「数日ならば水を飲むだけで生きていける」

魔法を使えば水を出せる、ということらしい。それならばニナは要らないはずなのだが、

「茶葉さえあれば茶を飲めるだろう」

と言う。

ニナは茶器と茶葉だけ持ってくれればいいという腹づもりだったようだ——が、

「……だというのに、なんだその荷物は」

アストリッドとティエンはかなり大きめのバックパックを背負っていた。ティエンは小柄なのにアストリッドよりも大きい荷物を背負っているので見た目はアンバランスだ。

「女性には荷物が必要なのです、ミリアド様」

「その者は月狼族か？　珍しいな。だからそれほどの荷物であっても問題なく持ち運びができるのか。まあよい、行くぞ」

細かいことはまったく気にしないミリアドだった。

国境、というよりこの街には防衛のための城壁が築かれていた。その高さは3メートルほどで、ところどころに櫓もあって監視兵がいる。城門のようなものはなくて、代わりに街道を封鎖するようにバリケードが築かれていた。

「なんだ、冒険者か？　出国手続きは済んでいるのか」

国境警備兵の質問にはエミリが答えた。

「まだ途中だから、ちょっとこの辺を見てくるのよ。モンスターもいるって言うし」

「ふうん。日暮れまでには戻れよ。間違っても軍の捜索隊が出なければならないような事態にはなるな」

横柄な口調でそれだけ言うと、まるで関心もなさそうに戻っていった。

「……現状はこの通りで、ミリアド様のおっしゃるとおり帝国軍の士気は非常に低いということです」

午前中、軍と冒険者ギルドに当たっていたファースが言う。

国境の向こうはライテンシュタールの領土であり、どうして自分たちがそこを守らなければならないのかという思いが強いのだそうだ。ライテンシュタールと戦争になることはあり得ないという現状、このボーダーガード駐屯を命じられるということは、イコール左遷だった。ボーダーガードの兵士は「田舎暮らしの猟師」だとか「冒険者ギルドの下請け」などと軍部でも揶揄されている。

つまるところ、ファースが探していた腕利きの護衛なんて軍に頼めるはずもなかったというわけだった。

ちなみに言うと冒険者ギルドは閑古鳥が鳴いていたので情報収集くらいしかできなかった。

国境を越えるとすぐに森が広がっていた。

一行はそこへ徒歩で入っていく。

「くっだらない。誰かの命を守る点では兵士だろうが冒険者だろうが変わらないのに」

ぷりぷりしながらエミリが杖を振るうと、樹上にいた毒蜘蛛が氷漬けになって落ちてきた。

街道からちょっと離れて森に入るとこういう危険な生き物がわんさかいる。

馬車でスピードを上げていれば毒蜘蛛なんて問題にもならないだろうが、徒歩の商人には脅威だ。

駆除するに越したことはなかろうとエミリが魔法を飛ばしている。

「――ほう、よくあのモンスターを撃ち落とせたな」

それを後ろから見ていたミリアドが言った。

「いやー、あたしが上手なんじゃなくて、ティエンの指示が的確なんですよねえ」

「月狼族の嗅覚と聴覚か……。なるほど、優秀な狙撃手《スナイパー》には優秀な観測手《スポッター》がいるようなものだな？」

「え、そんなんじゃないですって。全然違う」

「なぜだ？　実質的には私の言ったとおりだろう」

「えっ、だって……可愛くないじゃないですか」

「可愛い……？」

わけがわからない、というミリアドの顔はなかなかレアだった。

スナイパーとスポッターなんて、全然可愛い呼び方じゃない、というエミリの思いはまったく通じていない。

「それよりミリアド様って月狼族のこと知ってるんですか？　なにか情報ありません？」

「ふむ、月狼族については通り一遍の知識しかないな。そもそも少数民族はこの大陸に、確認されているだけでも千を超える数があり……」

「なーんだ知らないのか」

「……なんだとはなんだ」

「いえいえ、なんでもないです」

「なんでもなくはないだろう」

エミリとミリアドがあーだこーだ言いながら進んでいく。その間にもエミリはティエンの指示でモンスターを撃っていく。

「……す、すごいですね、エミリさん。こうして魔導士として活動しているのを見るのは久しぶりですが、ますます磨きが掛かっているような」

ファースが感心していると、

「そうでしょう。エミリさんはすごいんですよ！」

「どうしてニナくんが胸を張るかなあ。気持ちはわかるけどね」

モンスターの数が増えているというのは確かなようで、森に入って1時間もすると、討伐したモンスターの数は30を超えようとしていた。

本来ならば討伐したモンスターの素材を確保するのが冒険者としてのあるべき振る舞いではあるのだが、今回に限っては討伐を優先しているので、希少な素材以外は無視してどんどん先へと進む。モンスターとて生き物なので、倒せば他の生き物が食べ、やがて土に還るのだ。

街道ではない、森の中の林道についてはファースが手に入れた地図が役に立った。耕作放棄地、木こり小屋、小川に湖といった場所を経由していく。どうやら軍の所有する地図だったようだが、こんな辺境を好き好んで歩く者はいないし、素材の美味しいモンスターもいないので冒険者からの需要もなく、ぼろぼろになった地図を安く買い取ってきたという。

「ふうむ、1時間に1度の休憩を挟むのが最近の冒険者流か。それでは討伐がはかどらないだろうに」

エミリが休憩を主張するとミリアドは文句を口にしつつひとりでふらふらと小川沿いの探索に出かけてしまった。

「わ、私も後を追います」

「あー、大丈夫よ、ファースさん。あの人の居場所はティエンが把握できるから」

ひらひらとエミリが手を振った。

「ですが、モンスターが棲息する地でミリアド様をひとりにするなんて……」

「いやいや、ほんとに大丈夫だって。だってあの人、ティエンがあたしに言うよりも前にモンスターのほうを向いてたから。なんらかの魔道具か、探知系の魔法で気づいてたのよ。魔法を使っているところは一度も見てないけど、とんでもない使い手よ」

「そ、そうなんですか？　うぅん、でも気になるので行ってきます」

ファースは半信半疑という顔だったが、それでもミリアドを追っていった。

「……エミリくんがそこまで言うなんて、ミリアド様はほんとうにすごい魔導士なんだね」

「そうねー。『底知れない』ってこういうことを言うのよね。持ってる魔道具のレベルも桁違いだし、装備品も超一級。マジであの人がひとりいたら、戦争できちゃうレベル」

アストリッドがぎょっとした顔をすると、

「——皆さん、お茶が入りましたよ」

ニナがにこにこと言った。

「さ、1時間に1回は休憩を取らなきゃ」

エミリはアストリッドにウィンクして見せた。

それから数分して戻ってきたミリアドが、忽然と現れたティーセットに驚き――どうやらテーブルにイスまでそろっているとは思わなかったらしく、折りたたんでコンパクトになる設計がアストリッドによるものだと知ると好奇の目を輝かせた――それからお茶の味に再度驚くと、もう二度と休憩時間に単独行動をするとは言わなくなった。

3時間ほどが経過した。

今引き返せば夕方には街に戻れるだろうという頃合いだった。

「さて……じゃあ街に戻りましょうか」

「夜通し探索するのではないのか」

「夜は視界が利かなくなるし、体力が続かないですからねえ」

ミリアドが不満そうな顔をした――ときだった。

「……変なニオイがする。臭い」

ティエンの鼻の頭にシワが寄っていた。

「変なって、どんな？　あたしはなにも感じないけど」

「時間が経った肉のニオイです」

「モンスターが死んでるとか？」

「ううん……こっちに近づいてくる！　もっとずっと時間が経ってるニオイです」

「!!」

エミリがハッとしたときには、ミリアドが口を開いていた。

「不死《アンデッド》モンスターだな」

「で、でもミリアド様、こんなところにいるわけないじゃないですか！　あたしが知ってる範囲だと、アンデッドモンスターは人のなれの果て。近くに墓地があるとか、強い恨みを持った者が死ぬと出現します。こんな森林に……」

「あり得ぬわけではない。この100年でも、人里離れた場所でアンデッドモンスターが何度も発見されている。大抵は殺された者が遺棄されたというケースだが、26年前に発見されたヌーブランシュ砂漠のアンデッドモンスターは、そこにあった遺跡から出現していた。砂漠の奥地にあった隠れ里でな、二桁を超える数のアンデッドモンスターがいたとか」

「うむ……ここには聖職者がいないから戦闘には不向きですよ。撤退しましょう」

　エミリはすぐにそう提案したが、それほどまでに聖職者はアンデッドに強かった。

　彼らの持つ神聖な魔力はアンデッドモンスターを浄化し、消し去ることができる。戦わずして勝つことができる。

「別に、聖職者はアンデッドモンスターや悪魔に強いというだけであって、アンデッドモンスターの脅威が他のモンスターより勝っているわけではない」

「ミリアド様、お言葉ですけど、相手がどのようなアンデッドモンスターかわからない以上は脅威の度合いは不明です」

「だから確認するのだろう？　おい、月狼族の娘。私の推測だが、敵は複数だな？」

「………………」

ミリアドの質問に、ティエンはうなずいた。

「複数!?　なんでそんなことがわかる——」

「そう難しい推測ではない。そのアンデッドモンスターが原因なのだ。他のモンスターを追いやったのは」

ミリアドは自信満々に言った。

「つまり、新ダンジョンから出てきたのは、こいつらだ。さあ、行くぞ」


さあ、行くぞ、とはならなかった。

急ぐ必要もないのだから、帰ります、なによりお食事の準備をまったくしていませんから——とニナが言うと、ミリアドはあっさりと折れた。

「……ニナ、あんた、ついにミリアド様の胃袋までつかんじゃったのね」

エミリが呆れたように言うのも無理はない。

ミリアドは夕飯時にもやってきて、「金はいくらでも出す。最高の料理を作れ」とニナに言ったのだった。別にミリアドの使用人であるわけでもないので断ってもよかったのだが、「全員分支払う」と言ったのでエミリとアストリッドは酒場に直行していちばん値の張るワインを購入してきたし、今日一日、警戒と荷物運びで疲れたティエンもお腹を空かせているので、ミリアドの申し出を受けることにした。ファースは最後まで反対していたが、ファースも最近、ヴィク商会から独立しようと動いているのでお金に余裕がない。

「くっ……！　お金のことで負けるとは、なんたる不覚……！」

ファースはひとり悔しがりながらニナの料理を美味い美味いと言って食べていた。お代わりも3回した。商人なのでそこは図太かった。

そんなこんながあった翌朝、ニナたちはまたも国境を越えた。

昨日の場所まで戻るとアンデッドモンスターはいなくなっていたが、そのニオイは残っているのでティエンが追跡する。

2時間ほども進むとニナもニオイに気がつくほどになり、ティエンは「もう無理なのです」と涙目になって鼻をマスクで覆った。

「——いるわね」

エミリが杖を構えると、森の木々の向こうによろよろと現れた——歩く白骨死体《スケルトン》。

「『炎の精よ、我が手に集まり』——」

「ちょっと待て」

「——えっ？」

エミリが魔法を詠唱しようとすると、ミリアドが止めた。

「まずは観察だ。この移動速度ならばその時間は十分ある」

スケルトンはこちらに気づいているようだったが、歩く速度はのろのろとしているし、足元に張った木の根っこにけつまずいたりしている。

「ふーむ……老人の骨だな。全体に上背がなく、背骨が曲がっている。それに骨格を見るにヒト種族のようだ」

「それ、大事なんですか？」

「当然だ。ダンジョンに巣くっているアンデッドモンスターの前世を知っておくと、対処法もわかる。――見ろ、ぼろきれを纏《まと》っているだろう？　うっすらと魔力を帯びている。なんらかの魔法を使う者であったと推測され――」

そのときスケルトンは大地に両足を踏ん張って、こちらに両手を向けた。そしてカタカタカタカタと歯を鳴らすと、眼窩《がんか》の奥を紫色に光らせた。

「――魔法が来るぞ」

「え!?」

次の瞬間、スケルトンの手から紫色のレーザービームが射出されてエミリとミリアドに迫った。回避行動を起こしている時間も、無詠唱の魔法を撃つ時間もない。

「ふん」

差し出されたミリアドの右手の前に光の膜が現れた。紫色の光は膜に当たり、ガラスを鉄の爪でひっかいたような大音量を立てて斜め後方に吹っ飛んでいった。

衝撃波がエミリの帽子を巻き上げ、髪とスカートの裾を揺らす。

だが、ふたりとも無事だった。

「な、な……」

「障壁《バリア》の魔道具だ。あの程度の攻撃ならば何度でも防御できる。さあ、攻撃のチャンスだぞ……と言いたいところだが、ヤツは魔力を使い果たして倒れているな」

ミリアドの両手にはいくつかの指輪があったけれど、今のバリアを張ったのは右手中指の、黄色い宝石がはめ込まれた指輪のようだ。

「……そういうのがあるっていうのは先に言って欲しいわ」

エミリがぼやくと、

「……そういううるさいのは先に言って欲しいのです」

鼻も耳も大変なことになったティエンが涙目でぼやいた。


アンデッドモンスターの性質は生前の肉体に左右されるため、魔法を使う個体もいれば、使えない個体もいる。

ただ、聖属性の魔法は使えず、聖職者がアンデッドモンスター化したときには真逆の特性を帯びるようになる。

「——来るぞ、邪属性の攻撃魔法だ」

ぼろきれを纏ったスケルトンが現れたのはこれで5体目だったが、そのどれもが例外なく魔法を撃ってきた。

「しつっこいなあ！」

ミリアドのバリアによって攻撃が届くことはなかったけれど、鬱陶しいことには変わりない。

「燃えちゃえ！」

エミリが炎の弾丸を放って燃やしていく。

幸い、スケルトンは乾いているのでよく燃えた。

「威力の高い魔法となると、コントロールが甘いな。森で誤射をしてみろ、火勢が盛んであれば生木であったとてすぐに薪に早変わりだ。とんでもない規模の山火事を引き起こすことにもなりかねん」

「わ、わかってます」

今放った炎弾も木々の幹や枝をかすめているのでそこが焦げている。

それを見つつミリアドが続ける。

「魔法の基礎は魔力のコントロールだ。身体を流れる魔力に集中するがいい」

「うう」

「お前はアンバランスだな？　創作魔法を使えると思ったら威力を上げた通常魔法のコントロールが甘くなる。魔力のコントロールの初歩である、ジョナサン式基礎訓練はやったのか？　大体お前の師は誰だ。ああ、いなかったのだな」

「あーもー！　ミリアド様はあたしのお母さんですか!?」

「っ!?　お、お母さん!?　どうしてそうなる」

「あれこれチクチク言ってくるからですよ！　あたしは成長途中なんです！　ほっといてくださ

い！」

「ぐぬ……」

「エ、エミリさん、そのくらいにしておいてください……」

五賢人を怒らせてはならないと、あわててファースがとりなそうと間に入ると、

「……ミリアド様がエミリくんの母親なら、ファースさんは父親だな」

「ぶふっ」

アストリッドのつぶやきにティエンが噴き出した。

「ちょっ、止めてよアストリッド！」

「素敵な家族ですね」

「ニナまで!?　なににこにこしてるのよあんたは！」

「――もうよい。気を引き締めろ、この先に濃密な魔力の気配がある」

真顔に戻ったミリアドは前方を指し示した。

そちらは明るくなっていたが、それは木々が切れて広い場所があるということを意味している。ただしそのぶん日光が降り注いで、背の高い雑草が生え放題だ。いくつか草を踏んだ道筋があるのは、アンデッドモンスターが通ったからだろう。

「ふむ……家屋はさすがに朽ちているか」

木造の家々は柱も折れて屋根が落ち、その姿を留めてはいなかった。だけれど建材は残っているのでどこに家があったかはわかる。

「放棄されてから100年といったところか……」

時の流れは残酷で、あと100年もすればここに人が暮らしていた痕跡はほとんど消えてしまうだろう。

石造りの竈《かまど》はツタで覆われ、雑草が敷石を覆っている。

日陰を作っていた木の枝に鳥が止まっていたが、チチチと鳴いて飛び去った。

「ここで亡くなった人たちがモンスターになったということ……？」

エミリの問いに、ミリアドは、

「そうだろうな」

答えながらずんずんと先に進んでいく。

「ですけど、今の今になってモンスターになったっていうのは……ていうか、ダンジョンが出現したからモンスターが出てきたんですよね？」

「ふむ。そのとおりだ」

「ではあらかじめここに死体はあった？」

「そういうことになる。集落がもともとここにあり、亡くなった者はこの地に埋葬されていたのだ」

「だけどこんな森の奥で暮らしているなんて……」

「それこそが、ダンジョンの発生と関係しているとは思わないか」

「え？　どういうことです？」

「『なぜ隠れ里に暮らさねばならなかったのか』、『なぜスケルトンが漏れなく魔法を使えるのか』」

先頭を行くミリアドが足を止めたのは、足元に巨大な空間があったからだ。

らせん状に作られた階段が地下へと向かっている。その壁面には石がはめ込まれてあって、多くの人の姿や、文字が彫られている。

10メートルほどの最深部は広場になっていて、その床の石畳には6本の腕を持つ獅子が描かれてある――のだが。

それを隠すようにスケルトンたちがいた。

その数、50は下らないだろう。

スケルトンたちは侵入者に気がついた――里に本来いるべきではない者たちに。生者の気配に気がついたのだ。

次の瞬間、キッ、と全員がニナたちへと顔を向けた。

「ミミミリアド様！　ヤバいわよ！」

逃げて――とエミリがその先を言うよりも前に、スケルトンたちの眼窩の奥が紫色に光り、そして、レーザービームのような魔法が一斉に襲いかかってくる――。

「虚無の青鏡《ブルーミラー・オブ・ナイヒリティ》」

足元の空間を覆い尽くすほどの巨大な円が現れた。それは青色をしていたけれど、墨を垂らしたように黒く濁った青色だ。縁に青の炎が揺らめいており、不透明の青によって一瞬にしてスケルトンが見えなくなる。

ミリアドが右手を足元に向けて差し伸べていたので、ミリアドがやったことには違いない。そしてレーザービームの魔法が射出される気配があったというのに一切こちらに飛んでくることはなかった。

「押し潰せ」

くっ、とミリアドが右手の指を下方に向けて曲げると、青色の円は降下していく。やがて、ガシャガシャとなにかの壊れる音がして——ミリアドが手を握りしめると、青の円は一気に収縮して消えた。

そこに残されたのは、消し炭になった大量の骨であり、むわっとした蒸気とともに黒煙が立ち上る。

「!?」

その悪臭に——エミリですら思わず顔をしかめたほどだから——ティエンは高速で背後に飛んで鼻を押さえた。

「ミ、ミリアド様……今のは……」

ファースが恐る恐るたずねると、

「魔法だ」

「それはわかりますが！」

「それがわかれば十分であろう。商人に説明する気はない」

「うっ」

そう言われてしまうとファースとて引き下がらざるを得ない。

「行くぞ」

悪臭を気にせずミリアドはすたすたと階段を下っていくのだが、

「ミリアド様、さすがに臭いです。魔法で飛ばします」

「……ふむ、そうだな」

エミリに言われると素直に戻ってきたのだった。

風の魔法を使えばニオイや煙を違う方向へと流すことができる。エミリは黙々とその作業をしながら、じっ、と空間の底を見つめていた。

すさまじい魔法だった。

あれは、ミリアドの魔道具ではない。これまで彼の身を守っていた障壁などは魔道具だったが、先ほどミリアドは「魔法だ」と明言した。

（レベルが違いすぎる）

モンスターがいないかどうか、探知系の魔法をミリアドは展開しているようだが、それすらエミリは察知することができない。

そして「虚無の青鏡」だ。

短縮詠唱《ショートキャスト》と言うべきか、あるいは無詠唱《ノーキャスト》と言うべきか。詠唱を省くぶん、当然魔法の精度や威力は落ちるし、魔力の消費も激しくなるというのにミリアドの魔法コントロールは完璧だった——この地下空間を完璧に覆う円を正確に出現させたのだ。

さらには「虚無の青鏡」という魔法そのものもすごい。

(放たれた魔法を吸収する、あるいは魔法の構築を無効化する)

「鏡」だから「反射」ではと最初は思ったが、もし魔法を反射していたらあのレーザービームが大地や壁面を穿《うが》っているはずだが、そんな痕跡もない。

(吸収でも無効化でも、どっちにしてもとんでもない魔法じゃない)

魔導士キラーと言ってもいい魔法だ。もしミリアドと戦うことになったら、エミリの魔法は全部「虚無の青鏡」によって防がれてしまう。障壁ならば魔法の威力で破れるが、そもそも吸収や無効化であれば魔法を使えないのである。

しかもあの魔法自体が攻撃能力を持っていた。

この世界では魔法は相当の威力を誇り、現代日本における重火器のようなものだった。魔力が底を突くまでという制限はあるけれども、それでも国家間の争いなどでは開幕に魔法が雨あられのように降り注ぐとエミリは聞いたことがある。

それを、完全に無効化できるとしたら……ミリアドひとりで戦争の趨勢《すうせい》を変えることができてしまうではないか。

(むちゃくちゃよ……)

内心でハァーとため息を吐いていたエミリの横に、

「底に描かれている絵が見えるか」

「!?」

当の本人であるミリアドがやってきた。

こちらの衝撃などまったく無頓着に――あんな魔法なんてふだんから使っているとでもいうふうに、ミリアドはいつもと変わらない。

「6本の腕を持つ獅子について知っていることはあるか」

「え？　あ、い、いいえ……ないですね」

冒険者としていろんな知識を蓄えたエミリであってもその獅子の絵は初めて見た。わざわざ描かれているということは、モンスターではなくてここに住んでいた人たちにとって大切な存在だったのだろう。

ミリアドは言った。

「……かつて排斥された、異端の神だ。ここは、それを信奉する者どもの集落だ」

「この隠れ里が……？」

「そうとしか考えられん。でなければこうまで魔法を使えるスケルトンが集合しているのはおかしい」

やがてニオイが減ってくるとティエンが戻ってきたので、改めて地下空間へと進むことにした。

階段を下っていくと異質な気配に息苦しくなった。先ほどエミリが魔法を使って空気を散らしたというのに息苦しさがある。

「ここには魔力が溜まっている。もし気分が悪いのならば上に残っていろ」

とミリアドが言ったが、誰も上に残らなかった。

最深部に到達すると、焦げた骨や描かれた獅子を踏んづけてミリアドは歩いていく。ニナたちは、骨は踏まないようにして進んだ。

壁面にぽっかりと空いている入口があった。

「この先がダンジョンだ。まあ、この入口の造りを見るに、そう広くはなさそうだが」

ミリアドはさっさと中に入っていく。

「うわぁ……一切の躊躇がないわね。ていうか中に入るの？」

「どうするんだい、エミリくん？」

「そりゃあ、行かなきゃ……？」

エミリとアストリッドが話していると、

「――さっさと来なさい、エミリ」

というミリアドの声が聞こえた。

「賢人様がお呼びだわ。っていうか今までだってあたしがいなくったってあの人の魔法で全部片付いちゃったんじゃないの……」

ブツブツ言いながらエミリは魔導ランプを点けて、地下通路へと足を踏み入れた。

「わっ、なにこれ」

「わぁ……すごいですね」

後に続いて入ったニナも、思わず声が出てしまった。通路の横に何十体という神像が並んでいるのだった。そのどれも見たことのない神であり、顔がヒト種族のものはひとつもなく、獣や魚、亜人種のものだった。

表とはまた違った空気が漂っていた――こちらは地下特有の、じめっとした空気だ。

「ふうむ……」

思うところがあるのか、先に入っていたミリアドは考え込んでいる。

「……ミリアド様、もう十分でございましょう。ダンジョンの位置を把握して、軍と冒険者ギルドに通報する、というのが今回の目的です。それは達せられました」

ファースが言うと、

「……そうだな」

ミリアドはあっさりとうなずいた。

「この先だけ見てから戻るとしよう。幸い、ここにアンデッドモンスターはいないようだ」

全員外出中かもな、なんて冗談を言って彼は奥へと向かう。

「アンデッドモンスターってここから発生したのに、出払っちゃったってこと？　なんなのよここは」

「あるいは、ここの魔力が外にある墓地に影響してアンデッドモンスター化したとか、そういうのはないのかい？」

「どうでもいいけど早く帰りたいのです」

エミリとアストリッド、ティエンがそんなことを話していたが、

「……ミリアド様？」

ニナだけは違和感を覚えていた。

（ミリアド様が冗談を……？　なんだか楽しそう……）

ミリアドにしては──ほんとうに彼にしては珍しく、口の端をゆがめて笑っていたのだ。

それに気づいたのはニナ以外にはいなかった。アストリッドとエミリは薄気味悪そうに神像を見ており、ティエンは鼻を塞いでいるので難しい顔をしていて、ファースはミリアドが帰ることに同意してくれたからホッとしている。

（……気のせいでしょうか）

ニナはミリアドを追って、隣の部屋へと移った。

そこは広い空間だった。天井の高さこそ3メートルほどしかなかったが、奥行きは30メートルはありそうだ。手持ちの魔導ランプでは奥のほうまで光が届かない。

神像が並んでいたそれまでの通路とは違って、ここにはなにもない。ただ中央に祭壇のようなものがあるだけで、そこにはミリアドが立っていた。

「……ミリアド様？」

ニナはミリアドが、なにかをマントで隠れた懐に入れたような気がしたけれど、彼はいつもと同じようにつまらなさそうな顔で振り返るだけだった。

「どうやらこれで終わりらしい」

「終わり……ですか？」

「そうだ。この広い空間は集会や瞑想などに使われた可能性が高いな。魔力の密度が段違いだ」

「そう言われてみると……」

息苦しさが先ほどより増している気がする。

「……戻るか。後はこの場を冒険者ギルドに連絡すればいい」

「あの、ミリアド様」

「なんだ？」

「それは祭壇のようですが……」

「ああ。祭壇だと思う」

「なにも祀られていませんね」

腰高ほどの祭壇はつるりとしていたが、そこにはなにも載っていなかった。手で触れた跡があったが、

「ああ、押しても叩いてもなにもなかった。おかげでホコリだらけだ」

ミリアドはまだ汚れの残っている手と、それを拭いたらしい手ぬぐいを見せながら言った。

「…………」

この薄暗い中だ。祭壇を確認したミリアドが手ぬぐいをしまったのを、なにか隠したふうに見間違えたのだろうか――。

（……人を疑うことはよくありませんね！）

すぐにそう結論づけると、ニナはにこりと微笑んで、

「お手を貸してくださいきれいにしますので」

ミリアドの手を取ろうとした。

そのとき——ぐらりと足元が揺れた。

「——崩れる」

ミリアドがニナの腕をつかんだ。ニナが引き寄せられた次の瞬間、立っていた地面が消え失せて浮遊感がニナを襲った。

「わ、わああっ!?」

落ちていく感触。だがミリアドのマントが身体を覆うと、薬剤のニオイと不思議な温かさに包まれるのだった——。


「え、なに!?　地震!?」

手前の通路にいたエミリは身構えたが、揺れはすぐに収まった。なにかが崩れる物音が前方から聞こえ、そこにニナの叫び声が混じっていたような——、

「ニナ!」

すでにティエンは走り出しており、前方の部屋へ飛び込んでいた。

「ど、どうなって——これは!?」

遅れて追いついたエミリはぎょっとした。

部屋の中央の床が抜けており、完全な闇が口を開けていたのだ。

「ニナッ！」

ティエンの声がこだまする。

「いったいどうしたの⁉」

「ニナさんとミリアド様は⁉」

遅れてアストリッドとファースもやってくる。

「落ちたみたいよ。あたしが魔法を使って声を届けてみる。それでニナの反応を確認して——」

「待つのです」

言ったティエンは、後方を振り返っていた。

「救出の前にやらなければならないことがあるようだから」

ガギャ、ズン、ガシャン、と硬質な音が聞こえてきた。それは足音だ。重量のある物体がこちらに歩いてくる——。

「——まさかこいつらって……！」

エミリは一瞬目を疑った。

通路に並んでいた神像だ。

神像が、歩いてくる。手に手に武器を持った神像が虚ろな瞳に魔力の光を宿らせて。

「エミリさん、これはアンデッドモンスターなのですか⁉」

「違うわ。だけど、邪悪な魔力を得て動いているからアンデッドモンスターに限りなく近いけど……逃げて!!」

神像の1体が剣をぶん投げてきた。その剣はエミリたちとは全然違う方向に飛んで行き、壁を破壊した。コントロールはめちゃくちゃだったが、力がすさまじい。

「アストリッドとファースさんは部屋の反対側に逃げて！　ニナを助ける方法を考えて！　こっちはあたしとティエンでなんとかする！」

「だ、だけどエミリくん――」

「急いで!!　ミリアド様を助け出せば、魔道具もあるしなんとでもなるわ！」

「そうか、それがあった！」

アストリッドとファースは崩壊した地面を迂回して回避していく。

杖を構えるエミリの前に、ティエンが立った。その手には手ぬぐいをぐるぐる巻きにしている。

「……剣が飛んできても叩き落とすからね。エミリは魔法に集中して」

「わかった」

短く答えながらもエミリは、自分の前に立つ少女の小さな背中が限りなく大きく感じられるのだった。

いつの間に、これほど頼りになるようになったのだろう――。

（違うわね。ティエンが成長したんじゃない……ティエンは前からやるときはやる子だった）

エミリは考え直す。

「『荒ぶる風の精よ。我が声に応え大気を纏い、踊れ』」

（変わったのはあたし。あたしがティエンを信じられるようになったから、頼りになるって思えるのよ！）

彼女の詠唱が進むにつれて、手に持った杖に光が宿る。

「『閑《しず》かなりし地の精よ。声なき声を上げて今立ち上がれ』」

帽子の、幅広のつばがめくり上がり、服の袖とスカートの裾がはためく。

「行くわよ！」

エミリが杖を振るうと、

「『暴風礫弾《ラブル・トルネード》』ッ!!」

轟音とともに暴風が吹き荒れ、石つぶてが横殴りの雨のように神像へと襲いかかる。そのマシンガンのごとき連射に、神像は一歩も動けない。動けないだけで神像が削れていく様子はない――石つぶてのほうが強度が低いのだ。

「エミリ！　これじゃ倒せないのです」

「――わかってる」

だけれどエミリの狙いは神像を削ることではなかった。

「いいのよ、これで」

風によって1体が倒れ、後ろにいた神像を巻き添えにする。次の1体が横の1体を倒す。まるでドミノのように神像が倒れていく。

「ティエン、行って!!　足を1本折れば立ち上がれなくなるから!!」

「なるほど――」

次の瞬間には、ティエンは飛び出していく。落ちていた神像の石斧を拾い上げると、手近な神像の膝へと振り下ろした。ガギョン、とイヤな音がして神像の膝は砕けた。

「エミリ！　奥のがまだ立ってる！」

「任せて――」

ティエンが足を折りまくり、エミリの暴風と石つぶてが吹き荒れるのだった。


こつん、と小さな石ころが額に当たったので、ニナは目を覚ました。

息を吸うと砂埃が入ってきてむせてしまう。

「……こ、ここは……ッ!?」

気を失っていたのだと気がついた直後、なにが起きたのかを思い出した。

「わたしは、落ちて、それで……ミリアド様！」

ニナの身体を守っていたのはミリアドのマントだった。すぐ隣にミリアドが横たわっているのを感じるが、よくは見えない。うっすらと光源はあったがそれだけで、魔導ランプは落下の際に壊れたか、どこかに行ってしまった。ニナの眼鏡もまたどこかに飛んでいってしまっていて、今ここに光があってもはっきり見えたかどうかはわからないのだが。

「……う」

「ミリアド様っ」

ニナは声を掛けたが、ミリアドは動かない。もしかしたら頭に衝撃があったのかもしれない――こういう場合は下手に動かさないほうがいい。彼の顔と頭にそっと手を這わせると、そこに血はつかなかった。ミリアドの頭部はフードが守ってくれ、外傷はなさそうだ。マントと同じ材質のようだが――この落下の衝撃でもふたりを守るというのはとんでもないマントだ。

どれくらいの深さを落ちたのだろう――見上げても暗闇しかない。

その間に自分の身体も確認するが、打ち身はあるもののそれ以外は無事だった。

「すごいですね、このマントは。なにかのモンスターの素材なのでしょうか……」

こんなときでもニナは落ち着いていた。大声を上げないのは、声を上げることによって音が反響し、地盤が崩れたりしないようにするためだった。ここは祭壇らしき場所の下部にあった巨大な空洞であるはずだ。なぜこんな地下空洞があったのかはわからない――地下水を汲み上げすぎたせいかもしれないし、モンスターや巨大生物の巣かもしれないし、はたまたダンジョン化による影響かもしれない。

自分にできることはここで待つことだけだった。

待っていれば必ず助けが来る。エミリの魔法、アストリッドの知恵、ティエンの身体能力でできないことはなにもないと信じているからだ。きっとファースも手助けしてくれる。

「あら？」

そのときニナは、ミリアドの腰についていたポーチから光が漏れているのに気がついた。光源はこれだったらしい。ポーチの口は落下の衝撃で壊れていて、そこからなにかが顔をのぞかせている。

「これは……」

手のひらに載るくらいの小さな酒盃《ゴブレット》だった。

ホコリにまみれており、かなり分厚い層の汚れが溜まっていた。この汚れのせいで光が遮られているのだろう。

「ふむむ」

勝手に人の物を触るのはメイドとして正しい行為とは言えないけれど、光源を確保したい。ニナは布きれを取り出してそのゴブレットを拭い始める——と、すぐにゴブレットの光は増していくのだった。

光は、地底にいるふたりを照らし出した。


「エミリ！　奥から敵の追加です！」

「えええ!?　まだ出てくるの!?」

エミリが見やると、通路の向こう——つまり屋外からどんどん流れ込んでくるアンデッドモンス

ター。それらはこの集落に来るまでに倒したのと同種のスケルトンだった。

エミリたちが地下神殿に入ったのに気づいたのか、集落の周囲に散っていたスケルトンが集まってきているのだ。

神像の半分を無力化したというのに、これではエミリの魔力も底を突く。

「キリがないじゃない！　アストリッド、そっちはどう!?」

「できる限りロープを伸ばしている。崩落に気をつけてなるべく速やかに降下できるようにね」

「それってティエンが必要ってこと!?」

「できれば魔法での補助もお願いしたいよ」

「あたしも～～～!?」

「――私が行きます。アストリッドさんはここでロープの確認をお願いしたい」

ファースが上着を脱いで袖をまくっていた。

「ファースさんの細腕で？」

「やるしかないでしょう」

「……そうね」

ロープの一端を荷物にくくり、反対側を穴へと垂らす。アストリッドがその荷物を支え、ファースがロープをつかんで下りていく――というときだった。

「――伏せるのです!!」

「えっ――ぎゃんっ!?」

ティエンがエミリに飛び掛かってふたりはもんどり打った。

その直後、エミリが立っていたそこへ強烈な邪のレーザービームがほとばしり、奥の壁を破壊し、暴風がアストリッドとファースをも吹っ飛ばした。

「うわあああああっ!?」

スケルトンや神像を押しのけて現れたのは、一回り大きな体軀《たいく》のアンデッドモンスターだった。骨には皮が残っていて、白骨ではなくミイラ化しているのがわかる。漆黒の衣にじゃらじゃらとしたネックレスが何重にも巻き付いており、頭には宝石の埋め込まれた帽子をかぶっている。

なにより目を惹くのは、杖だった。禍々しさがはっきりとわかるほどの、濃い紫色の光を放つ宝玉が杖の先端についている。

今の魔法を放ったのはコイツだろう。

ぶつぶつと詠唱が聞こえる。ミイラ化しているというのに詠唱はどこから発せられているのかはまったくわからなかったが、邪気が帯になってミイラの周囲をとりまいていく。

「ヤバい……！」

エミリはとっさに迎撃の魔法を準備する。なんの魔法ならさっきのアレを防げる？　そもそも詠唱は間に合う？　無詠唱でもいけるけど、魔力をゴッソリ持っていかれてしまう――。

「エ、エミリ、あれは……あれは、なんなのですか」

「今は集中させて！」

「後ろです、後ろ！」

「……え？」

敵と相対しているのに後ろを見るとは何事か、と思ったけれど、ティエンにしては切羽詰まった声だったので思わず振り返ってしまった。

すぐそこに、崩落した地面がある。

そこからうっすらと立ち上る——金色の光。

糸のような細さだったそれは、すぐに太くなっていき、やがて丸太ほどにもなると直視しがたいほどの光となったのだった。

「えええええええ——」

ワケがわからない。

エミリはなにか声を発したような気がしたが、その声は光に飲まれてしまった。

そう、金色の光は室内を反射し、埋め尽くし、地下神殿の外までも飛び出していったのである。

最初にそれを見たとき、さすがのミリアドも目を疑った。
廃集落に埋葬された死体をアンデッド化させるほどの魔力がどこからもたらされているのか。つまるところこの集落がダンジョン化した「原因」はなんなのか。この地下神殿の奥に答えがあるのだろうとは思っていたが——まさかこんなものを見つけてしまうとは。

これが安置されている間は、このアイテムが持つ聖なる光が周囲一帯を浄化していたのだろう。

だけれどホコリが積もり、徐々に光は失われ、やがて最後のホコリが完全に光を消し去ると、この集落に渦巻いていた信仰心は邪に傾いていった――死してなお信仰は残るのだ。

おそらく強力な力を持つ者がアンデッドモンスター化したことで、他の白骨死体が一気にアンデッドモンスター化したのだろう。

それほどまでにこの祭壇にあったアイテムは、人の信仰を集めるのに優れていた。

当然だろう、これほどの光を持っているのだから――。

（……聖杯がこんなところにあるとはな）

大陸に広がっている教会組織は、その多くが古典正教によるものだった。この古典正教のトップは、五賢人のひとり、教皇マティアス13世だが、彼が持っている聖杯はただの「光を発する魔道具」でしかない。実を言うとそれは本物が失われたことでつくられた複製《レプリカ》であり、本物はちゃんとした力を持っていたらしい――とはミリアドも聞いたことがあった。

逸失した本物の聖杯。

こんな森の奥でひっそりと暮らしていた人々が、本物を持っていた。

異端の修道者の集落だろうと見当をつけたミリアドだったが、修道者たちは古典正教が保存していた本物の聖杯を持ち出してここに集まった、というのがより正確な事実だろう。

かつて、ミリアドは聖杯に関する古文書を読んだことがあった。

『かの紋は聖性を宿し、邪なる心を持つ者の触れることあたわず。真に清らかな心を持つ者のみが神事に用いる』

異端の者が「真に清らかな心」を持っていたかどうかは、今となってはわからない。だが、はるか昔に彼らがこの聖杯を持ち出したのだとすると、教会は本気で聖杯の行方を追ったはずだ。つまり逃げ続けたのだ。

逃亡の果てにこの地にたどり着いた彼らは、表立って活動するわけにはいかず長い年月をひっそりと暮らしていた……。

「……うっ、な、なんだこの光は」

「ミリアド様！　お目覚めになりましたか」

すぐ隣に座っていたのはニナだった——が、彼女を直視できないほどの光が、聖杯から放たれている。

「お前、それがなんなのかわかっているのか!?」

ミリアドはあわてて身体を起こしたが、刺すような頭痛にうめいた。

「今は安静になさってください。痛むのは身体のどこですか」

「だ、大丈夫だ……頭だけ……」

気づけばニナの手が自分の後頭部を支えていて、ふわりとした感覚の後には、ミリアドは再度寝かされていたのだった——頭が温かく柔らかいと思っていると、ニナによって膝枕されていた。

「お、お前、私になにを……」

「じっとしていてください。すぐに助けが来ますから」

「バカな……先にやるべきはここがどうなっているかの確認だろう……」

そう抵抗するのだがミリアドは不思議と力が入らないのに気がついた。

「眼鏡がなくてよく見えませんが、風が通っているので地下の大きな空洞につながっているようです。人工的なものではなさそうですが……」

「……そうか」

聖杯の光はだんだん弱まってきて、今は直視もできた。

ミリアドは視線だけを聖杯に向けた。いつの間にやらニナは、聖杯を拭っていた布きれを地面に敷いて、そこにしっかりと聖杯を立てている。

小さな杯だ。だけれど細かな溝が精巧な紋様を作っていることが今ははっきりと見える。

その表面に描かれているのは、神が伝えたという紋様らしい——その紋様がなにを意味しているのかは誰にもわからなかったが。ただ流麗な線がまるで水流のように走り、しかし他の線とは交わらずに紋を描いている。

「まさか、こんなに早くこの紋様を目にすることになるとはな……」

「も、もしかして拭いてしまったのはよくなかったでしょうか!?」

「問題はない。……しかし、美しいな」

「はい」

そのときのミリアドは聖杯を見ていたのではなかった。聖杯に、優しげな視線を注いでいるニナを下から見上げていたのだ。

もしも聖杯に、邪なる心を拒絶する力があるとするならば、あれほどの輝きを放ったのはニナの心が清らかだったから……ということになる。

(——美しい。ゆえに危うい)

メイドとして賢人会議で働くニナを見ていたミリアドは、ニナに一切の私心がないことを知っている。いや、私心がなさ過ぎて恐ろしさすら感じている。

白いハンカチに1滴のインクが落ちたらくっきりと目立つように、ニナの心に悪いものが忍び寄ってくるとどうなってしまうのか——美しい芸術品が壊れるのは誰も見たくない。

「それゆえに、お前の周囲には仲間が集まり、よってたかって守ろうとしているのだな……」

「はい？　なにかおっしゃいましたか？」

「いや、なんでもない。……ニナよ、お前は知っているか？　この光っている杯にどんな力があるのかを」

「存じ上げません」

「そう難しいことではない。邪を祓うのだ」

「邪……ですか？」

「ああ」

ミリアドは言った。

「あれほどの光だ、周囲一帯のアンデッドモンスターなどあらかた浄化されたであろうな」

それから30分後には長く長くロープをつなぎ、ティエンが大穴を下りてきた。まずケガをしたミリアドが先に、次にニナが運ばれた。崩落した祭壇の部屋にまで戻れたのはそれから1時間ほども経ってからだった。聖杯はミリアドが注意深く布でくるみ、また腰のポーチに戻った——おかげで周囲は真っ暗だった。

崩落したのは100メートルほどと深く、よくもまあ無事だったという感じではあるが、中間の柔らかな地層がクッションになったこと、それにミリアドのマントのおかげだった。

祭壇の部屋にまで戻ってくると、エミリが泣きながら飛びついてきて、次にアストリッドがティエン、エミリ、ニナごと抱きしめてきた。その温かさに、込み上げるうれしさを感じたニナだったけれど、見るとこの部屋にも多くのスケルトンや神像が倒れていて、戦闘の痕跡がうかがわれ、エミリとティエンにケガはないかをあわてて確認するのだった。

ボーダーガードに戻ったのは日が暮れるギリギリの時間だった。泥だらけ、ぼろぼろの一行に警備兵たちは目を瞬かせていたが、ミリアドを医者に診せたかったので説明は後回しだった。

ミリアドは、軽傷だった。

「――おはようございます、皆さん」

「おはよ……ってニナ!?　朝からなにしてんのよ！」

「厨房をお借りして、パンを焼かせていただきました」

「えっ、ニナのパン!?　あたし大好き～！　……じゃなくてさあ！　寝てようよ！　昨日あんなことがあったのに……ってあんた眼鏡つけてる!?」

「今日も朝からエミリくんはツッコミに忙しいねえ」

「…………」

呆れたようにアストリッドが言う後ろでは、ティエンがこっくりこっくりと舟を漕ぎながらふらふらと現れた。ちなみにニナは予備の眼鏡をいくつか持っている。

「ニナさん、お身体は大丈夫ですか？」

「はい！　お気遣いありがとうございます。ですがほんとうに元気いっぱいですので。ファースさんも昨晩は遅くまでありがとうございました」

「いやはや……あれくれいはやりますよ」

昨晩、ボーダーガードに戻ってきてからはファースが大活躍だった。

まず国境警備隊にダンジョン発見の報告をし、次に冒険者ギルドだ。正確な場所と、どういう場所だったかを説明した。アンデッドモンスターの巣窟だと知ると彼らは浮き足だったが、ミリアドの魔法によってすでに鎮圧済みだと聞くと一様にホッとしていた。討ち漏らしたモンスターを見つけ出して欲しいと伝えると彼らは請け合った。

　ファースは「魔塔の主」ミリアドの名を使ったのだ。ミリアドからも「魔道具ではなく魔法でどうにかしたと言うのなら、私の名前を使っても構わない」と言われていた。

　実は「魔法」ではなく「魔道具」と言うと、その話が広がる。やがてミリアドの発見した聖杯について探られると面倒だなと考えているのだが、当然ファースは「魔塔の主」がなにを考えているかまではわからない。実際ミリアドはニナにも口止めして、魔法でけりをつけたのだということにした。ニナは了承した。

　メイドさん一行に、朝からやってきたミリアドが――頭に包帯を巻いているが「腹が減った」と言えるほどには元気だ――加わって、朝食となった。パンの焼ける香ばしい香りが広がっている。買っておいたバターとジャムをたっぷり塗るのも、チーズとハムを挟むのも、ベーコンエッグを載せるのもまたよかった。「メイドさん」一行とミリアド、それにファースは食べ過ぎるくらいに食べると、出入国管理事務所へと向かった。

「ああ、出国の手続きはできていますよ！　ニナさん、エミリさん、アストリッドさん、ティエンさん、ミリアドさん……と、ファースさん」

「えっ」

　ニナは「ファース」の名に驚いたが、事務員は続ける。

「ライテンシュタールではこの書類をけっしてなくさないようにしてくださいね？　再発行はほんとうに面倒ですから。はいどうぞ」

「は、はい」

カウンターで書類を渡されたニナが振り返ると、ファースが、

「……ライテンシュタールには、ヴィク商会の支店があるんです。こんな機会でもなければ顔を出すチャンスはないと思ったので」

「ほう？　ニナたちだけでは心配だからついていきたいのだと言えばよかろう」

「ミ、ミリアド様、そういうわけではありません！」

「それじゃあ、昨日のダンジョンで無力感を覚えて、なんでもいいから挽回したいって気持ちとか？」

「アストリッドさんも！」

「ヴィク商会からは足を洗ったんじゃなかったっけ？」

「エミリさん!?　ウチの実家を違法組織みたいに言わないでください！」

あわてているファースにエミリとアストリッドが笑う。

「ニ、ニナさん、なんと言われようと私は行けるところまでは行きます。とは言え、ライテンシュタールまでだとは思いますが……」

「は、はい……でもお仕事はいいんですか？」

「問題ありません。ケットさんがなんとかします」

知らぬ間に無茶ぶりをされていたケットは、ウォルテル公国でくしゃみをしたとかしないとか。

「では行きましょうか」

一行は馬車に乗り込むと、国境を出て隣国ライテンシュタールへと向かった――。


ごとごとと揺れるミリアドの馬車にはミリアドひとりしかいなかった。ふだんから考え事をしている彼に話しかける者はいない。前を行くファースの馬車の御者台にはファースが座っている。アストリッドとエミリがおしゃべりをしているのを楽しそうに聞きながら、ニナは道具の手入れや繕い物をして、ティエンが隣でそれを手伝っている。

考え事をするのに、ひとりでいられるのはありがたかった。

（……聖杯か）

ミリアドも知らない、聞いたこともない、摩訶不思議な材質でできており、昨晩試してみたところミリアドは聖杯を発動することができず、聖杯はただ穏やかな光を湛《たた》えているだけだった。今は光を完全に遮断する布でくるまれており、ニナが話さなければこのアイテムについて誰にも知られることはないだろう。そしてニナは見知ったことを吹聴するようなメイドではないことをミリアドは知っている。よーく知っている。

（「清らかな心を持つ者」だからな）

フッ、と小さく笑みが漏れてしまう。

（ニナ、お前は気づいておらぬだろうな。教会が逸失した太古の遺物を、何の気なしに扱ったということを。教会が知れば聖騎士隊を動員してでもこの聖杯を奪いに来るぞ。のみならず、聖杯を起動したニナも欲しがるやもしれんな。聖女などという肩書きをつけてまで）

ミリアドはこれを最初に目にしたとき「聖杯ではないか」と直感した。あの場に残しても混乱のもとになる——教会が欲するのは間違いないからだ。冒険者ギルドや軍に渡したら、教会を相手に事態がどう転ぶか予測がつかなかった。

ならば中立組織である「魔塔」の主である自分が一時確保すればよい。

もちろん、聖杯の所持を知られればミリアドとて危険になる。ニナを巻き込みたくはなかった彼は他の者たちに隠し通すつもりだった。

あんな崩落事故が起きなければ——あの事故すらも聖杯が移動したことによる魔力変化のせいだろう——とは思うが、いずれにせよ結果オーライではある。

「——ていうかあまりに自然過ぎて今気がついたんだけど、ミリアド様ってどこまでついてくるの？」

「——エミリくんが散々活躍したから気に入られちゃったねえ。君が『魔塔に入る』って言うまでじゃないの？」

「——なに言ってんのよ。五賢人のおひとりよ？　超多忙なはずでしょ」

「——偉い方の考えることはわからないよねえ」

「――ほんっと」

アストリッドとエミリはひそひそと話していたが、実は耳がいいミリアドには丸聞こえだったりする。そんな様子すら微笑ましそうにミリアドは笑った――そう、鼻で笑うのでも冷笑するのでもなく、ミリアドは笑ったのだった。

「旅は良いものだ。新たな発見がある」

と賢人は言った。

第4章　メイドがほんとうに必要とされるとき

大森林を抜けると、そこは広々とした草原だった。遠目にもわかる巨大な牛が点在しており――この馬車の荷台よりも大きい牛だ――彼らは尻尾をふりふり草を食《は》んでいる。

山嶺は近く、雪のない頂は黒々としていた。

吹き抜ける風は肌寒いほどで、日中であっても上着が必要だった。

ライテンシュタールは、首都がひとつあるきりの国家であり、北側に山脈を背負っている。草原を貫くように整備された街道を行き交う商隊はそこそこ見かけられたが、そのどれもが、樽の高さの半分ほどの荷物を積んでいた。毛布をしっかりと掛けてあるのだが、隙間から中身がちらちらと見えている。

「あれはチーズですよ」

御者台に座っているファースが、興味深そうに商隊を眺めていたニナを振り返って言った。

「もしやあれがライテーノチーズ……!?」

「さすが、ご存じでしたか。『ライテンシュタール産チーズ』という意味で、『ライテーノチーズ』と名付けられています。ハードタイプで、12か月以上熟成させたものだけが『ライテーノチーズ』

を名乗ることができ、ああして輸出されるのです。5年ほど熟成させてもよし、それ以上の保管だってできるそうです」

「美味しいんですよねえ、『ライテーノチーズ』……チーズグレーターで削り下ろすと粉雪のようになり、サラダに振りかけても、パスタに使ってもいいですし……」

「あ～、パルメジャーノレッジャーノみたいなものかぁ」

「エミリさん、今なんて？」

「ん!?　いやいや、こっちの話」

エミリとしては日本にいたときにもたまに食べていたチーズがここにもあるのかというふうに思っただけではあった。

「チーズだけでなく乳製品は、ライテンシュタールにとって主要な交易品のひとつですね。これほど広大な土地、豊かな水、牧草がたっぷりある。モンスターの危険は少なく、牧畜に非常に向いているんです」

「ヴィク商会でもチーズを扱っているんですか？」

「うちは、もうひとつの主要交易品のほうですね。それは——」

「——精密部品だよ、ニナくん。ライテンシュタールは昔から精密な機械部品を造るのがとても上手でね、『他のどの国で造れなくともライテンシュタールならば造れる』とさえ言われている」

「ははは、答えを先に言われてしまいましたね。フレヤ王国とライテンシュタールは取引が盛んですものねえ」

アストリッドの出身であるフレヤ王国は発明家王国なので、特殊な部品を必要とすることが多かった。そのため、ライテンシュタールとの取引実績が多い。

「さあ、首都が見えてきましたよ」

長い街道の向こうに、街が見えてきた。

城壁もない、雑然とした街並みはこれまでの街のどれとも違うとニナは思った。東はユピテル帝国、西はノストに接しているライテンシュタールは、ユピテル帝国とノストが衝突しないための緩衝材のような役割を果たしている。

非武装、中立が特徴で、モンスターが出現すればユピテル帝国に間引きを頼み、大雨、大雪などの災害時にはノストから救助要員を派遣してもらう。その代わりにチーズを輸出し、精密部品を造り、外貨を稼ぐ。

フレヤ王国とは違った意味で独自に発展した国だった。

城壁のない街に入ると、3階建ての建物が続いている。石造りの建物は雑然と並んでいたが、そのベージュの外壁と、オレンジに近い茶色の屋根とが一体感を醸し出している。街行く人たちはあくせくしておらず、どこかのんびりしているとニナは思った。

「そう言えば……入国審査はなかったですね」

「そうなんですよ。だから、帝国のボーダーガードでしっかりやるんですよね。煩わしい事務作業を帝国とノストに押しつけているようにも思えますが……一方、外敵が侵入しても気づけない、主権の放棄とも思えます」

「はあ……」

「だから出国証明書が身分証明書代わりなんです」

ファースは言った。

宿に着くや、ファースはヴィク商会ライテンシュタール支店へと出かけて行き、ミリアドは別室なので「メイドさん」一行は先に部屋へと入って休むことにした。

「なんかめっちゃ異国に来たって感じがするわね～」

エミリが言うとティエンがうなずく。

「乳臭いのです」

「ティエンの基準はニオイかあ……」

「食事は乳製品が多いのかな？　するとお酒は乳酒か」

「あたしあんまり好きじゃないのよね、乳酒」

「私は好きだよ」

「あんたは酔えればなんでもいいんでしょ」

「……ふたりは酔っ払うとお酒臭くなるから離れて欲しいのです」

そんなことを3人が話していると、

「あれ？」

ニナは、窓の下、臙脂《えんじ》色の制服を着込んだ一団がこの宿に入ってくるのに気がついた。

10人ほどだったが、男女混合の彼らはニナたちの隣の部屋をノックした。ミリアドの部屋だ。五賢人になにかがあったら大変――とニナが出て行くと、廊下の向こうからミリアドがこちらに来るところだった。

「私の名前をボーダーガードで出したことが裏目に出たな。ライテンシュタールの国王が、私を歓待したいと言っているようだ」

彼の背後にいる制服の人たちが小さく会釈をした。きまじめそうだけれど敵意はまったく感じられなくてニナはホッとした。

「五賢人でいらっしゃるミリアド様ですから、それも当然のことだと思います。いかがなさいますか？」

「知られた以上は仕方あるまい。どのみち一度は顔を出す必要があると思っていたからな……こちらの希望を通すために」

「『こちらの希望』？」

「ノストへの入国許可だ。あの国は、ライテンシュタールへの入国よりはるかに面倒な手続きがあるぞ」

「そ、そうだったんですか!?　ありがとうございます！」

ノスト内にある幽々夜国への移動方法については師匠のヴァシリアーチから指示があったが、ノスト入国にも手間が掛かるとは知らなかった。よくよく考えてみると独裁者がトップであるノストへの入国は難しいだろう。

「では私は彼らとともに、国王に会ってくるが……ニナよ」

「はい」

がしっ、とミリアドに両肩をつかまれた。

「くれぐれも、不用意なことはしないように」

「は……はい？」

「なるべく目立たぬように過ごせ。お前の仲間が助言してくれるだろう」

「わ、わかりました」

「ほんとうにわかって――」

ミリアドはニナの部屋からティエン、エミリ、アストリッドが顔を出しているのに気づいた。3人が神妙な顔でうなずいた。

「……なるべく早く出国できるようにしよう」

と言い残してミリアドは去って行った。

「いってらっしゃいませ」

頭を下げたニナだったが、ミリアドがなぜ「もどかしい」みたいな顔をしていたのか、本人がいちばんよくわかっていないのだった。

「――ミリアド様の心配はよくわかるのです」

「――ここでもニナに目を光らせる必要があるってわけね」

「――というか私は、ミリアド様までたぶらかしたニナくんが恐ろしいよ」

3人の旅の仲間はそんなことを言っていたのだけれど。

ファースはヴィク商会に泊まりますと連絡を寄越してきたので、今日は久しぶりの、「メイドさん」4人だけでの食事だった。宿の食堂へとやってくると、ニナが腕まくりをして食事の準備を始めようとして――はた、と立ち止まった。

「どうしたの、ニナ?」

「これは……どういうことでしょうか?」

食堂には大皿の食事が並んでおり、宿泊客は皿を持ってそれらを取り分けて自分の席へと戻っていく。

「へぇー、珍しい。ビュッフェ形式じゃん」

エミリにはなじみのある光景だったがアストリッドもティエンも驚いている。大人数で食事をするときに大皿に料理を盛って提供することは当然あるのだが、こんなふうに、テーブルから遠いところに食事があって、それを自分で取りに行くというのはこの世界にはほぼ存在しないものだった。「ほぼ」というのは、炊き出しや配給のような場合にはあり得るからだ。逆に言うと、そういう特殊なケースをのぞいてはビュッフェ形式は存在していない。

なぜかと言うと、「お皿を持って歩くなんてみっともない」し、「料理のほうが客を呼んでいるのか?　なんと失礼な」なのである。

とは言え、郷に入っては郷に従えという言葉もあるとおり、この宿に泊まっている人たちは当然というような顔でビュッフェ形式で食事をしている。小さな国なのでライテンシュタール国民が宿泊しているとは考えにくく、他国の商人か旅人だろう。

「ふむ、まあそれじゃ、食べてみようか」

「好きなだけ食べていいのですか」

「このビュッフェ、ティエンには天国みたいなシステムかもね……。あっ、『おかわりは3回まで』って張り紙あるじゃん」

「……しょんぼり」

「そ、それならあたしがおかわりしてきてティエンにあげるから、ね？」

アストリッド、ティエン、そして当然エミリはビュッフェを楽しんでみようと思ったのだが、

「…………」

ニナは変わらず呆然としていた。

「ニナ？　食べようよ。これはさすがのニナも給仕できないわね」

「あ……は、はい」

エミリに促されてニナは大皿から食事を取り分け、テーブルについた。せめてお茶を淹れよう――と思ったが、お茶やコーヒーまでもポットが置いてあって自由に持っていくシステムだ。

料理はこの国らしいものが多かった。

クリームチーズをたっぷり溶かし込んだソースのパスタに、牛肉の煮込み料理、山ほどのバターとパン、ソーセージやハムといった加工肉と、色とりどりのチーズ……。

味も悪くなく――絶品というわけではないがチーズが美味しいのでなんとかなっている――ティ

エンがあっという間に1皿目を平らげると、

「おかわりするのです」

「あっ、わたしが取ってきます！」

ニナはここぞとばかりに立ち上がった。ティエンの好みはわかっているので、キレイに整えて持っていく——途中で、

「——あら、この国でメイドなんて珍しいわね」

「——ちょっと恥ずかしくない？　メイドに食事を持ってこさせるなんて……」

「——ライテンシュタールっぽくはないよなあ」

そんな声が聞こえてきた。

一瞬、足が止まりそうになったニナだったが、すぐに気を取り直してテーブルに戻った。

「ニナ、ありがとうなのです」

「とんでもありません」

「でも、これならチィでもできるからね」

「——そっ、そうですよね……」

「？」

ニナの表情が曇ったことにティエンは首をかしげたが、アストリッドが、

「ニナくんは、こういう食事だと自分のできることがないからしょげているのさ」

と説明した。

「ええと……はい、そうかもしれません。でも自分でもどうしてこんなにショックなのか、わからず、戸惑っています……」

「ふーむ？　言われてみると、レストランや酒場だったらお客として過ごすことだってあるしねえ。……まあ、そういうときですらニナくんは給仕を手伝ったりしていたけれども」

「さっき、他のお客さんが『この国でメイドなんて珍しい』とおっしゃっていました。ライテンシュタールにメイドはいないのでしょうか？」

「……それは知らないな。明日は外で食事にしようか？」

「それがいいわ。あたしも賛成よ」

「アストリッドさん、エミリさんも、ありがとうございます」

「いいさ」

「いいってことよ」

「……感謝する必要はないのです。このふたりはお酒を飲みたいだけだからね。この食堂にお酒がないから」

「ティエン！　なんでバラすのよ！」

「おかわり行ってこよーっと」

エミリがキッとにらむと、すでに2皿目を平らげたティエンは立ち上がったのだった。

結論から言うと、この国にメイドはいなかった。

「そもそもライテンシュタールという国がかなり独特なポリシーを持っているんです。人の上に人はなく、人の下に人はない、という考えで、国王以外の特権階級……いわゆる貴族階級はありません。ノストもこの政治システムに近くて、そのためライテンシュタールと国交があります」

翌朝、ヴィク商会から戻ってきたファースが、早速教えてくれた。

「メイドだけでなく、執事もいません」

「でも商会長がいて、その下で働く従業員はいるでしょ？」

とアストリッドが聞くと、

「はい。でも『人としては平等』ですからね。商会長が従業員を全否定するようなことを言ったり、不当な扱いをすれば、商会長は警察に指導されます。そして指導された事実は公表されます」

「不当ってどれくらい？」

「そうですね、仕事に関係ないことを責めるとか……その人の家族について悪口を言うとか、あとは女性の従業員に、商会長の権力をちらつかせて関係を迫るとかですかね」

「ふうむ……」

アストリッドが腕組みして考えるのは「それくらいのこと、どこの商会にもよくある話よね」と思ったからだ。もちろん、それがいい慣習だとはまったく思わないが、従業員はそれがイヤなら逃げるしかない。

ライテンシュタールでも従業員が雇われている点は同じだが、警察に逃げ込むという手段が用意されている。

「パワハラとかセクハラが許されない国なんだ。進んでるのねえ……」

そんなことをエミリはちらりと言ったが、横にいたティエンだけがそれを聞いていて「またエミリが変なこと言ってる……」という目で見てきた。

「メイドの仕事は必要とされないのでしょうか？」

ニナがたずねると、

「うーん、そうですね……『必要としている、という文化がない』と言うのが正確でしょうか。商会長であっても、国王の側近であっても、お茶は自分で淹れるし、ゴミは自分で捨てるんです。それを誰かに頼むことは『自立していない』と思われてしまいます」

「ぶ、文化……」

ニナは目を瞬かせた。

以前、魔道具の開発が進んだ先に、あらゆることを魔道具が代替してしまってメイドの仕事がなくなってしまう――そんな未来が来るかもしれないと思ったことはあった。だけれどそれは、技術進化によってメイドが必要なくなるというわかりやすい想像だった。

ライテンシュタールは違う。「文化」という目に見えないものが、メイドの仕事を消し去っているのだ。

それこそが、昨日、ニナが肌で感じたことであり、それゆえの「ショック」だったのだろう。

「ニナさん、よければ今日は私とともに行動しませんか？」

「ファースさんと、ですか？」

「はい。ヴィク商会絡みの商談予定がいくつか入っています。そこに同席していただければ、この国にいる人たちの考え方をニナさんが知ることができますし、逆にこの国の人たちがメイドという職業の素晴らしさを知ってくれるかもしれません」

「！」

ニナはメイドの力を信じている。メイドにしかできないことがあると確信している。

この国の人にもきっと理解してもらえる……いや、理解してほしいとニナは思った。

「わかりました！　是非お願いします！」

「そうと決まれば、早速行きましょうか」

「はい！」

ライテンシュタールに危険がほとんどないことはこの国に強力な武力が存在しないことからも明らかなので、ニナがファースとともに行動するというのはエミリたちにも受け入れてもらえた。彼女たちは彼女たちでこの国のチーズを味わうべくあちこちを見て回りたいという。

「チィはニナについていきたいですけど……あのふたりが酔っ払うほうが心配です。主に、他の人に迷惑を掛けそうという意味です」

「なによ！　あたしたちは立派な大人よ！」

「そのとおりだね。日の高いうちからいただくお酒は最高だということも知っている」

「アストリッドもたまにはいいこと言うじゃない」

「エミリくんもわかっているねえ」

「……ほらね」

ふー、とため息を吐くティエンのほうがよほど大人だった。

ファースとともに最初に向かったのはヴィク商会のライテンシュタール支店だった。

小ぶりな店舗では、ライテンシュタールでは手に入らない絵画や壺といった美術品、それに小型の魔道具が売られていて、ヴィク商会が手広く商いをしていることがよくわかった。

こぎれいな身なりの支店長は妙齢の女性で、あからさまにファースを誘惑しているのがわかったがファースは気づいているのかいないのか淡々と仕事の会話をしていく。

もどかしそうではあったが、彼女はニナに気がつくときょとんとした。

「ファース様、メイドを連れて行かれるので……？」

「ええ。社会見学ですよ」

「あまり好まれない……いえ、不思議な顔をされると思いますが」

「わかっています。あー、あと、私はヴィク商会から抜けた身なので、『ファース様』はもう止めてください」

「なにをおっしゃるんですか。今日もこうしてヴィク商会のために骨を折ってくださっているでしょう？」

「いや、これは路銀稼ぎのアルバイトみたいなもので……」

「それにファース様は私の中では永遠にファース様ですわ……！」

「そ、そろそろ行きましょうか、ニナさん」

支店長が怪しげな目で見てきたので、ファースはさっさと店を出て行った。

最初に向かったのは街から少々離れた場所だった。草原を突っ切るように馬車で向かうと、巨大な平屋の工場が現れる。

そこはまさにライテンシュタールらしい場所——精密部品の工場だった。ヴィク商会はお得意様のようで、工場長自らがファースを出迎える。

「ようこそ、ファースさん」

「お久しぶりです、工場長」

ニナがファースと出会ったのはクレセンテ王国だが、そこからフレヤ王国、ウォルテル公国、ユピテル帝国と越えてきて、ライテンシュタールにおいてもファースの知っている人がいる。その顔の広さには驚いてしまう。ファースは「親の七光りですよ」だなんて謙遜するのだが。

つるりと禿げ上がった頭に帽子をかぶせ、でっぷりとした身体をねずみ色の工場作業着で包んでいる工場長は、人の良さそうな小さな目を瞬かせる。

「おや、こちらのレディーは……」

「私の連れ、ニナさんとおっしゃいます」

「お付きの秘書ですかな？　私はてっきり、ファースさんに春が来たのかと」

「ははは。私ではニナさんには釣り合いませんよ」

ニナは自分がファースの恋人のように扱われたこともそうだが、「レディー」と呼ばれたことにまず驚いていた。今自分はメイド服を着ているのに、レディーとは……この人はメイドを見たことがないのだろうか。

工場長は工場長で、ファースがお世辞でもなんでもなく本気で「私では釣り合わない」と言っているのに気がついて驚いていた。

平然としているのはファースだけだ。

「さて、工場長。今日来たのは他でもありません――」

それからファースは工場長といくつかの商談をまとめた。精密部品はヴィク商会でも人気の商品で、ライテンシュタール支店が仕入れてユピテル帝国の支店に回し、そこからまた各国に輸送される。国境を越えるたびに関税が掛かるが、それでも利益が出る。

「ありがとうございます、工場長。良いお取引ができそうです」

「いやっはっはっは、散々やりこめておいてよく言いますね？　ますます駆け引きの腕に磨きが掛かってきた――まるでお父様のように」

「…………」

そのとき、ファースの表情が凍りついたようにニナには見えた。

「……私は、父ほど優秀ではありませんから」

「なにをおっしゃる。ヴィク商会と言えば『長子末子問わず、商会長を超える実績を残した者が次の商会長になる』という実力主義の商会。ヴィク家の方は、商会長以外にファース様を始め何人かにお会いしたことがありますが、やはりファース様が頭ひとつ抜きんでて――」

「工場長、どうぞそのあたりでご勘弁を……」

「おお、失礼しました。私としては今後もヴィク商会と良いお取引ができればそれでいいというのに、つい」

「いえ――」

微笑んだファースだったが、その笑顔はどこかほろ苦さを感じさせる。

「それより、工場の中を見学させてはいただけませんか？　こちらのニナさんは様々なことに気がつく方でして、なにか面白いことがあるかもしれません」

「い、いえ、わたしなんて、そんな」

「ほう？　見学は構いませんが……そこまでファースさんがおっしゃるのでしたら、私も同行しましょうか」

「ニナさんも工場を見てみたいでしょう？」

「……はい」

こくこくとうなずいている自分がいた。

だって、精密部品の工場である。そこにしかないものを見ることが「観光」であるなら、ライテンシュタールの精密部品工場なんて最高の観光スポットだ。旅の醍醐味！　ニナはイズミ鉱山の見学すら前のめりで望んだほどである。

「では行きましょうか！」

「よろしくお願いします、工場長」

「よろしくお願いします！」

こうして工場ツアーが始まった。

3人は応接室から出て、一度屋外を通って工場作業員の出入りする入口へとやってきた。

街から離れているとはいえ、馬車で通勤するわけでもないので土足で長い道のりを歩いてくるのだろう、泥を落とす玄関マットはひどく汚れていた。よく見ると工場長の履いているブーツも泥の汚れがついている。

「…………」

「ニナさん？　どうされました？」

「あ、いえ」

工場に入るとすぐ、多くの生産ラインが稼働しているのが目に入ってきた。

作業テーブルには多くの道具が並んでおり、作業員ごとにパーテーションが切られている。パーテーションに沿うように道具箱が設置されており、作業員は思い思いのしまい方をしているようだ。

作業テーブルのそばには移動式の黒板が置かれていて、設計図が貼られている。納期や注意事項などはチョークで書き加えられていた。

「…………」

ニナは工場内を見回した。

工場作業員たちはのんびりと、おしゃべりをしながら作業している。ぴりぴりした緊張感はなかったけれど、集中して作業している者もちらほらいた。

その手元はどうなっているんだろうか、とニナが背伸びしていると、

「作業者にもっと近づいても大丈夫ですよ」

「えっ、よろしいのですか?」

「もちろん。必要とあれば踏み台も用意しましょう」

ニナは足音を立てずに作業員たちの背後から作業の内容を見ていった。

「………」

手元を明るくして作業しているが、工具の汚れが気になった。機械油なのか黒ずんでいる。作業速度がまちまちなのも当然だった。

そしてなによりニナが驚いたのは、

「すごいでしょう、この『不合格』の多さ」

工場長が誇らしげに紹介したのは、検品の部署で「不合格」――つまり要求水準に達していない部品の山だった。

「我々は製品のクオリティアップに心血を注いでおりますからな。厳しい品質管理をしてこその、ライテンシュタールの精密部品なのです」

「………」

じっ、と「不合格」の山をニナは見つめた。そこにあったのは細かなネジ、複雑な構造の筐体《きょうたい》、

魔術回路など様々なものだった。

「ニナさん、なにか思いついたことはありますか？」

ファースがたずねると工場長は、

「はっはっは。このお嬢さんに難しいことを聞くのはさすがにかわいそうでしょう。ささ、応接室に戻りませんか？　是非ご賞味いただきたいチーズがありましてな――」

「いえ、いえ、工場長、もうすこしお待ちを」

「は……？」

「ニナさん、遠慮なくおっしゃってください」

ファースは再度促した。

「あ……はい。では僭越《せんえつ》ながら申し上げます」

ニナは「不合格」の山を示す。

「これだけの『不合格』が出るのは、工場長のおっしゃるとおり『厳しい品質管理』のたまものかと存じますが――」

一方で、稚拙なミスも多い。ネジの山と谷が一定でなかったり、筐体がゆがんでいたり。これは設計図を知らないニナが見てもすぐにわかるようなものだ。しかもそういったミスが全体の半分以上なのである。

そこを指摘されると、工場長は「むむ」と唸ってから、

「作業員の腕は一定ではないので、ある程度は仕方がないものと割り切っていますな」

そこにファースが提案する。

「では工場長、もう少し作業内容を規格化すればいいかがですか？　私が見た範囲でも、作業員たちは自由に作業をしているようですが、作業プロセスを統一するのです」

「それはできません、ファースさん。作業員の自立や自主性を削ぐことになってしまう。場合によってはみんな辞めてしまいますよ」

「辞め……？」

さすがのファースもそれには驚いたのか目をパチパチしている。

「……雇用主と被雇用者の立場が逆転していますね」

「ええ、外国から来られる方はみんなそうおっしゃいます。ですがこのライテンシュタールの、きれいで豊富な水があればこその精密部品加工なので、我が工場は毎年好業績を出しております」

「ふむ……」

これだけの「不合格」が出ても、作業員が自由気ままに仕事をしていても、ちゃんと儲かっているのだからある意味すごい。

ニナが口を開いた。

「では工場長様、こういうのはいかがでしょうか？　作業内容ではなく、工具を統一するのです」

「ああ、ダメです、ダメです。工具というのは作業員にとっては自分の腕のようなものですから。それがお仕着せになってしまっては、これまたそっぽを向かれる」

「な、なるほど……」

「そういった提案は過去にいただいたことがあるんですよ、外国の方からね。ですがやはりライテンシュタールには合わないのです。では、そろそろチーズを」

「工場長様、他の提案をしてみてもよろしいでしょうか」

「……どうぞ」

工場長はよほどチーズを勧めたいのか残念そうにしていたが、ビジネスのプロであるファースと工場長の会話に、見た目は少女のニナが対等に入ってくるので、興味はあるらしい。

「工具の手入れはいかがでしょうか？」

「手入れ？」

「はい、もしよろしければ実演したいのですが」

「手入れ、手入れね……まあ、いいでしょう。おーい！」

検品エリアから作業エリアに戻ると、近場にいた作業員のひとりを工場長はつかまえて、彼の作業スペースへと移動した。

先ほどから工場長がお客を連れ回しているのを作業員たちは知っていたが、それはよくある光景だったようで誰も気にしていなかったのだが、作業スペースまで入ってくるのは珍しくこちらをちらちら見る者も増えている。

「工具の手入れですか？　このお嬢さんがやってくれるって？　ありがたいねえ」

年かさの作業員は孫でも見るようにニコニコとニナを見ていた。

「では、少々お貸しいただきますね」

ニナは、作業台が高かったので台を用意してもらいそこに立った。置いてある工具は、彫刻刀のように先の尖ったものや、ラジオペンチやピンセットのように細かな部品を挟むもの、小さなハンマーなんてものまであった。

だがそれらは以前、フレヤ王国のアストリッドの研究室で見たものとほとんど同じで、ニナはアストリッドから工具の扱いについてしっかりとレクチャーを受けている。

道具の手入れは、ニナの得意分野だ。

横では工場長が話しかけている。

「作業の調子はどうだね？」

「いやはや、工場長。俺も歳かもしれねえなあ。長い時間は集中できねえよ」

「君みたいなベテランがいるから難しい部品も作れるんだよ。もっとがんばってもらわないと」

「あっはっは、人使いが荒いなあ——って、え？」

工場長と話していた作業員は、目を疑った。

ほんのわずかな時間だ、今の会話は。だけれど——彼が使っていた工具たちは、いつの間にか手入れが終わって新品のような輝きをしている。

「もう少々お待ちください。台と拡大鏡も磨きましょう」

「あ、いや、え？」

ニナの手が動くと、その下の台はピカピカになり、作業員が手元を見るのに使っていた拡大鏡は——最近見づらくなっていたのだ——これまたつるりとして曇りひとつなくなった。

「どうぞ」

「お、おお……？」

ニナがどいたが、その彼女の手はまったく汚れておらず、手には汚れた布きれも持っていなかった。汚れはいったいどこに消えたのか。

「──おい、なんだありゃ」

「──あそこだけ光って見えるじゃないか」

「──なに、なに、どういうこと？」

他の作業員たちもざわつく。

「おおっ、なんだこりゃ!?　ネジ山もキレイに切れるし、なによりめちゃくちゃ明るくくっきり見えるぞ!?」

「そ、そんなにかね」

工場長も作業スペースに立ってみたが、

「ほんとうだ……これは驚いたな」

「いやあ、すごいですね。これなら俺もまだまだ働ける」

「──ちょ、ちょっと、工場長！　僕も見てみたいのですが」

「私も！」

そこへ他の作業員もやってきて大騒ぎになった。

ひとしきりみんなが確認していると「まるで新品みたい」「新工場の新品道具を使えばもっとい

い部品を作れるってことか？」「俺のところもキレイにしてほしいなあ」なんて声が聞こえてきた。

いい加減、それを工場長は遮った。

「待て、待て。みんな落ち着きなさい」

それから、離れたところにいたニナへと視線を向ける。

「なるほど……お嬢さんはこう言いたいわけですね？　作業効率を上げるには作業スペースが清潔に保たれている必要があると」

工場長にたずねられて、ニナはうなずいた。

「それだけではありません。まずそちらの作業者の方の身長に、台の高さが合っていないようです。あと10センチほど高いと、腰や首への負担が減ります」

「お、おお……確かに俺は首のコリが昔っからひどいんだが……。作業台の高さが合ってない、だって？」

「高さを変えるだけでかなり改善されると思います」

「ほんとうかよ!?　いや、信じられねえが、道具を手入れしてくれた他ならぬお嬢ちゃんだからな……やってみるか！」

「先ほど私は、刃物の切っ先についても砥石を掛け、持ち手も念入りに手入れをいたしました。ネジ切りや魔術回路を作るときには正確さが必要だと聞いておりますので……」

「ふーむ、確かに。これなら切り間違いはぐっと減るでしょうな」

工場長も同意したが、

「もうひとつございます」

「ま、まだあるのですか」

「はい。工場の玄関ですが、泥をしっかり落とせるようにしたほうがよろしいかと存じます。泥や砂はそれ自体が小さなものでも、魔術回路にとっては大敵です。僭越ながら、少々お掃除をさせていただいたのでご覧いただきたく存じます」

「掃除をした？　いつ……？」

わけがわからない工場長だったが、工場の玄関にやってきて驚いた。

泥だらけだったマットは完璧に泥が落ちていて、石畳の汚れも払われていた。

「今し方、皆さんに作業スペースをご確認いただいている間にお掃除をさせていただきました」

「ええ!?　あの短い時間で!?」

唖然とする工場長を見て、ファースは「その驚き、わかります……」という謎の共感を漂わせながらうなずいている。

「工場長、泥の問題は大きいかと思います」

「そ、それはそうなんですが……ブーツは個性の象徴でもあります。我が工場では作業着を着てもらう代わりに、ブーツに個性を持ってもらっているんですよ」

「もちろん、泥をしっかり落とせれば構いません。あるいは工場内では違う履き物にするのがいいかもしれません。室内履きは、自由にするのです」

「なるほど」

工場長は感心して手を叩いた。

ニナの手腕もさることながら、提案内容も妥当性があると思ったのだろう。

それを見てファースもうなずいている。今回は「謎の共感」ではなく「やはりニナさんの腕を見せるのが早かったですね」という「してやったり」のうなずきである。

そんなファースの様子には気づかず、ニナは言った。

「玄関の掃除や、工具の手入れといったことは、特にメイドの得意分野なのです！」

「つまりお嬢さんは、掃除のプロを雇うべきだとおっしゃるのですな」

「はい――え？」

「検品での『不合格』が減れば売上も上がるので、掃除のプロを雇うことができますな。あるいは清掃の魔道具を用意してもいいかもしれない。うむ、これはいけそうですね！」

すると作業員たちも大いに喜んだ。自分で掃除をする必要はないのでこれまでどおりの働き方でいいのだから。

「掃除のプロ……清掃の魔道具……」

だけれどニナはひとり、考え込んでしまった。

次に向かったのは乳製品を扱う商会だった。ここは「ライテーノチーズ」を生産し、販売している老舗の商会ではあったのだが、様々な種類の新しいチーズを作る商会に最近は押され気味だった。ヴィク商会を通じて商いを拡大したいと思ってはいても、外国での需要は目新しいチーズに負けてしまっている――と、初老の商会長は言った。

ここでもファースはニナに意見を求めたので、

「では僭越ながら申し上げますね」

ニナは新たな食べ方を提案した。

チーズを扱う料理方法はいくつもあるけれど、「ライテーノチーズ」は伝統的に、フルーツに合わせたり、サラダに掛けたり、パスタに掛けたりといった「味わいをプラスする」という使われ方だ。それは「ライテーノチーズ」が高価であるせいで、少量でも十分威力を発揮できる調味料ポジションになってしまうからなのだが、消費速度は遅い。

消費されなければ売れることもない。

さらには長期保存にも向いている。

商いを拡大させるには不向きと言える――のだが、実はニナは、ハードタイプのチーズの食べ方について、コックのロイといろいろと話したことがあった。

「まずはリゾットです」

「リゾット……?」

「はい、生米とともに炊き上げる調理法です」

リゾットは、ライテンシュタールだけでなくユピテル帝国でもまったく見られない調理法だった

——そもそも生米の流通が少ないという理由もある。ニナがかつていたクレセンテ王国にはこの調理法を取り入れたレストランがあって、ロイがそこで情報を仕入れてきた。

調理場を借りてニナが実践したのは、チーズリゾット。

「どうぞ」

初めて見るこの調理法に怪訝な顔をした商会長だったが、

「!?」

一口食べるなり目を剝《む》いた。

「なんたるチーズのインパクト……!」

「はい。これは『ライテーノチーズ』をたっぷりと使うので、富裕層の方には非常に喜ばれる調理法だと思います。富裕層は生米も入手できるでしょうし」

ニナが生米を持っているのは、時折エミリが米料理を食べたがるからで、見かけたときには手に入れるようにしていたのでたまたまではあった。まさか、ロイと話していた米料理がエミリを喜ばせることになるとは思いもしなかったのだが。

「続いての料理は……」

そんなエミリがニナに教えたレシピもある。

「ま、まだあるのかね!」

提案はひとつだけだと思っていた商会長は驚く。

「はい。『かるぼなーら』でございます」

「……『かるぼなーら』？」

元々「カルボナーラ」は「炭焼き職人」をイタリア語で言ったものだ。最後に振りかける黒コショウが、まるで炭焼き職人がぽろりとこぼした炭のように見えることからついた名前だというが、由来は諸説紛々だったりする。

いずれにせよこの世界には「カルボナーラ」という単語は存在しない。

「こちらです」

パスタに絡めた「ライテーノチーズ」の味わいはこれまた絶品で、味を引き締める黒コショウの存在もすばらしい。商会長は目を剝いた。

「こういったレシピを無料でつけて、販売するのはいかがでしょうか？」

ファースも満足げにうなずいた。

「さすがニナさん、イイ線を突いていると思います。少量しか使わない『ライテーノチーズ』を大量に使う料理、しかもそれには希少食材も必要となれば、まず流行に敏感な人が味わい、それを社交界で話し、ウワサが広がっていく……。『レシピを他家に流すな』と言う貴族家も現れるかもしれませんが、対応のしようはいくらでもあります」

「そ、それほどのものでは……」

「いえ、これはそれほどものだと思いますよ。『ライテーノチーズ』ではないチーズは安価なので、様々な料理に使われていますが、『ライテーノチーズ』を大量に使う料理は珍しい。安売りをする必要がなく、『ライテーノチーズ』の消費を増やす提案……いやはや、良いアイディアだと感心しました」

「あ、ありがとうございます」

ニナがファースに頭を下げると、商会長は、

「やってみましょう、ファースさん！　ほんとうにありがとうございます！」

「ええ。ですがお礼はニナさんに」

「いえいえ、わたしなど……メイドなら当然のことですから」

「ありがとう、ニナさん！　我が商会でも今後は――」

商会長はにこやかに言った。

「――プロの料理人を呼んでアドバイスをもらうことにしましょう！」


続いて向かったのは役所だった。そこでファースは様々な手続きをするのだが、申請書のフォーマットがまちまちであり役所もかなり苦労しているようだった。それだけでなく働いている公務員もてんてこまいなのは、しまわれているファイルの場所がわからなかったり、書類棚が雑然としていたりと、仕事の能率を下げる様々なトラップがあるからだった。

「ニナさん、ちょっと手伝ってみてはどうでしょうか」

「えっ!?」

「工場では『プロの掃除人』、チーズ商会では『プロの料理人』をそれぞれ必要としていましたが、言われてみると確かにニナさんのなさった仕事は別の専門職によって代替できるものでした。です

が、お役所ならばそうはいかないでしょう」

「は、はあ……。ですがここはお役所ですから、わたしのような部外者は勝手に手伝ってはいけませんよね？」

「その点は大丈夫。この国は、そういうところがゆるいんですよね……。最初の精密部品の工場でもそこらに機密の設計図が貼られてあったでしょう？」

「はい……正直ちょっとびっくりしました。これでは情報を盗み放題になってしまうと」

「良くも悪くも警戒心が薄くて、おおらかなんですよ――それもこの国の『文化』なのかもしれません。ともあれ、ちょっとやってみませんか。怒られたら止めましょう」

「わ、わかりました」

ニナは公務員たちの手伝いを始めることにした。

役所内を見渡してみる。所員の人数は十分そうだけれど、全員が効率的に動いているとは言えない。ベテランはどこにどのファイルがあるのかわかっているので最短距離で動けるが、新人や中堅所員の一部は戸惑っている。

気配を消したニナはそこに紛れ込んで、通路に積んである荷物を整理して動線を確保し、棚に積まれているファイルもラベルをつけて並べ直した。明るさが足りないところは窓を美しく磨き、カーテンを整える。デスクごとに備品がまちまちになっているのをそろえてからストックの場所もわかりやすく統一する――。

その様子をファースはじっと見つめていた。

（いやはや……これは『さすが』という一言では片づけられませんね）

ファースが感嘆したのは、ニナの手際がいいというそれだけではなかった。彼女は「散らかっているものを整理する」という目先の解決策だけでなく、「それを扱う人が快適かどうか」まで考えている。これは人という存在がどう自然に動くのかという人間工学、心理学的な視点がなければできないことだ。

役所の仕事でどういう動線があって、そのためのルートはどこが適切なのか。ほんとうならばデスクの位置まで変えたいのだろうけれど、それを変えてしまうとあまりに変化が大きすぎる。

「……あれ？　このファイルっていつも見つけるの苦労してたんだけど、すぐ見つかったな」

首をかしげながら所員が歩いて行くのを横目で見て、ファースはにんまりとした。

それからほどなくしてニナは戻ってきた。

「すばらしい仕事でした、ニナさん」

ファースの目から見ると、所員の能率はニナが介入しただけで10％から20％は向上しているように映っている。ヴィク商会もニナに一度見て欲しいとファースは思ったくらいだ——いや、ヴィク商会からは離れて「アス・ニナ商会」に力を注ぐのだから、そっちをいっしょにやっていきたい。ぜひとも。

と、そんなことを考えていたのだが、

「…………」

「どうしました？　ニナさん、表情が優れませんが……」

「あ、いえ……」

とそこへファースが手続きを頼んでいた所員が戻ってきて役所での用事はあらかた終わった。

ファースは最後に、

「――なにか気づいたことはありませんか？」

と所員に聞いた。

ニナの手による改善や工夫によって能率が上がったことをわかってもらえれば、魔道具や専門技術を持ったプロフェッショナルではない、メイドの価値が証明されると思っていた。それはコンシエルジュやコンサルタントのような仕事であり、メイドはそういうこともできてナンボなのである。

「気づいたこと？　なんの話です？」

「ほら！　ファイルが見つかりやすくなってるでしょう？」

「え？　ああ……そう言えばこのラベル誰がつけたんだっけな」

所員はぽつりとつぶやいた。

「余計な仕事が増えますよねえ」

「……え？」

「ああ、いえ。役所っていうのはただでさえ人手が足りないんですよ。その中でなんとかやりくりしてるのに、こんなラベルを作る仕事が増えたらたまりません」

「い、いや、むしろその結果仕事の能率が上がれば、手が空くようになってですね……」

「そんな理想論よりも現実なんですよ、役所ってのは。まったく、予算だって少ないってのに……誰がやったんだこれは……」

ぶつぶつと言いながら去って行った。

「………」

「……ファースさん」

ニナは言った。

「メイドは、必要ないのでしょうか……？」


国王は賢人を歓迎した。

広大な敷地に平屋の建物が点在しており、そのひとつひとつにこの国の重要な機関が割り当てられている。最も広いものが国王の住居であり、来賓をもてなす場所でもあった。

見事な彫刻で飾られたテーブルには色とりどりの菓子が並べられていたが、ミリアドは淡々とお茶を飲んでいた。茶葉をミルクで煮出したいわゆる「ロイヤルミルクティー」であるが、ミルクの香りと味わいの濃厚さはライテンシュタールならではだろう。

「ミリアド様、甘いものは召し上がりませんか」

でっぷりと太った男がこの国の王であり、「平等」を謳うライテンシュタールにおいて唯一の特権階級者だ。

とはいえ身につけている服装はすさまじく凝ったものではない。各国の貴族のように数人がかりでなければ着られないようなものではなく、ジャケットにパンツ姿だった。「国王」だと言われなければ「ちょっとお金持ちのオッサン」にしか見えない。

「甘味はその瞬間こそ至福ではあるが、過ぎれば身体に毒となる」

「なかなかに重みのあるお言葉ですな」

「最近、それで苦しむ者を見てな……」

ミリアドが思い出したのは教会組織のトップであるマティアス13世だ。彼は命の危険があったというのに懲りた様子もない。あのままいけば早晩、ひどく健康を害するだろうに。

「ミリアド様、私から質問をしても？」

口を挟んだのは王妃だった。彼女も国王と同じ布地を使ったジャケットにタイトスカートという出で立ちではあったが、国王と比べると印象は全然違う。

30代であろう彼女の肉体は引き締まっており、若々しく、アスリートのような感じさえ受ける。女性にしては珍しく髪を短くしていることからもその印象が強まっている。

「料理については私は詳しくないぞ」

「ほほほ、そのようなことではありません。ミリアド様は冗談もお上手なのですね」

「それで？　質問とは？」

ちょっとした会話を楽しむということもなくミリアドは話の先を促したが――それはあまり丁寧

とは言えない口ぶりですらあったが——王妃は特に気にした様子もなく、むしろ話が早くて助かるという顔だった。

「現在の我が国の精密部品生産についてですが、この先の魔道具開発においてさらに微細化を進めるべきでしょうか？」

「それはそうであろう。技術を進化させねば早晩他国に追いつかれる」

「ですが、賢人会議ではとても大きなプロジェクトについて話し合われましたよね？　巨大魔道具においては巨大な部品が用いられます。その耐久力を高める取り組みが必要でしょう。微細化ではなくそちらに投資するべきという意見もあります」

ミリアドは驚いた。賢人会議が終わってさほど時間は経っていない。「冥顎自治区」という広大な砂漠を横断する鉄道敷設について王妃は言っている。

（なぜそれを知っている？）

話が大きすぎることもあり、議事録には伏せてあるのだ。もちろん、多くの人が傍聴している会議ではあるのでやがて情報が漏れることはあろうけれど、こんなに早く王妃が知っているというのは少々意外である。

「……実は、息子を、ユピテル帝国の皇城で働かせておりますの」

ミリアドの疑問を察知したのだろう、王妃は先回りした。

「ふむ、王子を」

「王子とは言っても、長子ではなく王位継承権のない子でございますからこの国では平民と変わりません。ですがライテンシュタールのために働きたいと本人も言うので、まずは見聞を広げさせたく、帝国へ仕官しています」

「帝国も大胆なものだな。王位継承権がないとは言え隣国の王子を皇城に仕官させるとは。その程度ではびくともしない自信の表れか、あるいは監視の目の届くところに置きたいのか」

「その両方かもしれませんわ、あの皇帝陛下ですから……。というわけで息子から『冥顎自治区』問題の解決に、大規模な工事が行われるかもしれないという手紙がありましたの」

「理解した。であればなおのこと微細化を進めるべきであろう」

「え……え!?　そ、それはどうしてでしょうか」

　王妃が目を見開いたのは、ミリアドの答えが予想外だったからだろう。大規模な鉄道敷設が始まるとなれば、魔道具や部品の需要は信じられないほど上がる。そこでアドバンテージを得るには大がかりな魔道具を作るための耐久部品を作れたほうがいいと考えていたのだろう。

（そしてそれは、息子がもたらした情報を有効活用したい親心でもある）

　息子について語るときの王妃は実に誇らしげだったのだ。

（やはり私的な感情は冷静さを曇らせるな）

　ミリアドは感情の動きを感じさせない淡々とした口調で話す。

「貴殿らには、こちらからの頼み事があるので助言するが、本来私は国政を助言する立場にない」

「五賢人様が中立でいらっしゃることはわかっております。『頼み事』はノストへの入国許可証でございますね？　こちらは最優先で進めますわ」

「私からの助言としては、まあ単純なことだ。貴殿らが手に入れた情報はほどなく他国も手に入れるだろう。そのタイムラグは半年から、長くて1年」

「それほどの時間があれば研究においてかなりのアドバンテージを得ることができます」

「鉄道敷設が開始されるのは早くても5年後だ。であれば、その間に他国も追いつくであろう。巨大化や耐久性向上の分野で貴国よりアドバンテージを持っている国がいくつもある」

「そ、それは……。ですが、技術を持っていれば鉄道や列車の規格決定に食い込むことができるチャンスではありませんか？」

「規格の決定は中立である魔塔と、フレヤ王国の発明家協会が担う。貴国の入り込む余地はない」

「フレヤ王国は中立ではありませんわ」

「基幹となる魔導技術を無償で公開したのはフレヤだ。彼らはすでに天文学的な数字の損失を被っている」

「なっ……!?」

王妃はその言葉の意味を理解した。「冥顎自治区」を横断するための鉄道。それを動かすには革新的な基幹技術の発明があったはずだ——それを独占せず、賢人会議で公開したというのか？

「あの技術をなぜ公開したのか、まったくもって理解できん」

そう言いながらもミリアドはどこか楽しそうだった。

ミリアドはわかっている。アストリッドがあの魔術について公開した理由はたったひとつ、ニナを守るためだったと。

「た、大変よくわかりました……。情報によるアドバンテージは机上の空論で、我が国の得意を伸ばしたほうが大局的にはメリットが大きいということですね……」

わかったとは言いながら、わかりたくないという雰囲気の王妃だったが、彼女の言葉は正しい。なかなか聡明な女性だとミリアドが思っていると、

「話が決まったならよかった。私はどちらでもいいと思っておったんですよ」

国王は無邪気に言った。

「――王様。面会の希望者がありますが」

そこへ高官がやってきた。

「ん？　今日は特に予定はなかっただろう」

「それが、ミリアド様のご到着を知った耳の早い商会がいくつかあるようで……帝国からの商人たちなのでどうしたものかと」

「ふーむ……」

ちら、と国王が見てくるので、

「私は構わないが」

「おお、そうですか！　ではここに通してしまえ。ぱっと終わらせよう」

「はい」

高官は頭を下げると去っていった。

これがふつうの国だったら、着ている服を替え、場所を変え、それから長々とした挨拶があり

——と2時間コースなのだが、ライテンシュタール国王はフットワークが軽い。

(軽すぎると言う者もあろうが、実利的な姿勢は私の好みだ)

ミリアドは思うのだった。

この面会が、トラブルにつながるとは夢にも思わずに——。


「も、申し訳ありません……」

両膝を曲げて地べたに座る、いわゆる「正座」である。

「——ファースさんなら信用できると思ったのに……」

「——がっかりなのです」

右と左からエミリとティエンが言い、

「………………」

正面では足と腕を組んだアストリッドが無言で見下ろしてくる。

「ひいぃっ」

その冷たい目線がいちばん怖くてファースがぶるりと震える——と、

「……お前たち、なにをやってるんだ?」

呆れたような声が後ろから聞こえてきた。

「ミ、ミリアド様！」

涙目のファースが振り返る。

「ただごとではないな。なにがあった」

「聞いてくださいよ、ミリアド様！　ファースさんったら――」

とエミリが説明を始めた。

ファースは今日一日ニナを連れ回して取引先や役所を回ってきたのだが、帰ってきたニナの様子がおかしい。彼女はぽつりと「メイドは、必要ないのでしょうか……」と言って、部屋にこもってしまったのだ。

「ファースさんなら信用できると思ったのに！」

「す、すみません～！　こんなことになるとは思わなくて……」

「はぁ……止せ、つまりはこういうことか。この商人はメイドの有用性を証明しようと思ったが、それがやぶ蛇で、ニナに心理的な負担を与えただけだったと」

「おっしゃるとおりです……」

いつになくしょげ返っているファースに、ミリアドは、
と言った。

「ニナを呼べ」

「でも、ミリアド様。いくら五賢人だからって『元気になれ』って命令したってうまくいかないですよ？」

「エミリ……前にも言ったが、お前は私をなんだと思っている？　私からのオーダーは簡単なことだ――『メイドの出番』だ」

「えっ」

　エミリは驚くが、アストリッドが、

「お言葉ですが、今日のファースさんの動きを考えるとそう簡単にこの国がメイドを受け入れられるかどうかは疑問です」

　凍えるような声を発したのでファースがびくりとする。

　しかしミリアドは変わらない口調で、

「今回の内容ならば実にメイド向きだと言える。心配ならお前たちが先に依頼内容を聞くか？」

「是非」

　全員がうなずいたので、ミリアドは話し始めた。

「ことの始まりは、ユピテル帝国の商人が私と国王に面会を求めたことだった」

　帝国内でも大商会に数えられる商会の代表者が5人、やってきた。彼らはすでにライテンシュタールと取引をしていたが、このように面会を求めてきたのは初めてのことだったという。

　彼らは賢人会議を終えたばかりのミリアドがライテンシュタールなんていう小国を訪問し、その国王に会っているのはなにかありそうだ――と勘を働かせた（その勘は大いに間違っている）。

「商人たちは最初から無礼であった。私の顔色をうかがい、国王を二の次にしていた。つまるところライテンシュタールの国王はナメられていたのだ」

「そ、そんなことして大丈夫なんですか？」

「エミリよ、お前の疑問には商人が答えるのが筋であろうな」

水を向けられたファースは、

「……そうですね、ライテンシュタールは国王に権力があるとは言っても、実際の仕事は現場ですべて行われています。帝国や諸外国のように上の地位にある人たちを説得して、根回しして、たまにご機嫌伺いして……なんてことをやる必要がないんです。もし王様がお怒りであっても、国民が納得して商売していればなにも変化はないでしょう。貴族や王家を冒瀆《ぼうとく》すると死刑になるような『不敬罪』といったものはこの国にはありません」

と話した。わかりやすい説明だったけれど、ファースの正座姿が気になってあまり頭に入ってこないエミリである。仕方ないので彼を立ち上がらせてやるとミリアドが話を続けた。

「国王はな、特にそれについて気分を害したふうではなかった。もとより『そういうものだ』と割り切っていたのであろう。だが問題があったのは、王妃だった。王妃は事業に強い関心があり、よく勉強もしている。商人と私との間に割って入ったのは王妃だった。だが商人たちは王妃をまったく相手にしなかったのだ。いや、王妃と気づいていなかったフシさえある。『しかし時代遅れの服ですな』などと放言した者もいた」

「はあ!?　なにそれ！」

エミリが思わず声を上げる。

「国王も王妃も、他国の元首とは違って『自分のことは自分でやる』という考えだ。ゆえに、貴族の着るようなドレスは着られないし、過度の贅沢を慎んでいるために『少し豊かな富裕層』という見た目ではある。だが商人たちはこう考える……『国王ですらこの程度の貧しさか』と。商人の態度を見るに、ライテンシュタールに財貨をもたらしているのは自分たちであるというおごりがあるようだ。この国は小さく、国民を飢えさせないためには外国との取引を増やすしかなく、その取引先はノストとユピテル帝国のふたつに限られている。ノストは独裁国家であり、あまり豊かではない上に取引がやりにくいとなると、大口の取引先は帝国だ。ライテンシュタールはユピテル帝国の温情で生きているのだと、彼らは考えている」

驚きの後、沈黙が訪れた。

驚きとはつまり、いくら小国であっても一国の主に対してそんな無礼を働く商人がいるのかという驚きであり、一方で商人がまるで国を代表するかのようにおごった振る舞いをしていたことへの驚きだった。

「……あり得ない」

最初、誰がそう言ったのかエミリはわからなかった。低い男の声。深い憤りを感じさせる声。それが隣に立っているファースの言葉ではあったのだけれども、そう認識してもなお信じられなかった――ファースが、これほど怒っているのをエミリは見たことがなかったからだ。

「商人は利益があると信じるからこそ商売を行うものです。それにかこつけて商売相手を貶《おとし》めたり、下に見たりするようなことはあってはならない。でなければただの搾取になり、その商売は長く続かない。そして商いとは、利益を出すだけでなく、人の住むこの世界がよりよくなる取引でなければならないのです」

ファースが言っているのは「売り手よし、買い手よし、世間よし」の「三方よし」の精神だった。

彼はこの考えを商会長である父親から叩き込まれているし、その考えがすばらしいものだと心の底から思っている。

「そうか？　少なくとも私の知っている商人はいかにして多額の利益を出すかということしか考えていないぞ」

ミリアドが言うとファースは静かに首を横に振った。

「それは商人として二流、いや、三流以下でしょう。失礼ながら魔塔は、取引先を変えたほうがよいようですね」

「フッ、言うではないか。代わりにヴィク商会を入れろというのか？」

「いいえ。私はヴィク商会を辞めておりますので、お好きにしていただいて結構です」

「！」

それはミリアドにとっては驚きだったようで、彼は眉を少し上げた。ヴィク商会の子であることは本人に言われて知っていたが、辞めていたとは。

ファースを見る目がすこしだけ変わったようだ。

「ミリアド様、王妃様はショックを受けられたのではありませんか？　そしてそれこそが、ミリアド様がここにいらした理由ですね？」

「そのとおりだ。王妃は自分が無視されたことにひどく落ち込んでな。実はこれから私を歓迎しての晩餐会があるのだが、国内有力者だけでなく外国の者も招待している。そこには帝国の商人も数名含まれていて……王妃は参加をしたくないと」

　そこまでミリアドが言ったときだった。

「――つまり、王妃様を元気づけ、晩餐会を成功に導くこと……それをお望みなのですね、ミリアド様」

　隣室のドアが開いており、そこにニナが立っていた。

「えっ、ニナ!?」

「もう大丈夫なのかい!?」

「ニナ！」

　エミリとアストリッドが驚き、ティエンは瞬時の移動でニナの横に立って心配そうに見上げていた。そのティエンにわずかに微笑みかけてから、ニナはミリアドに視線を戻した。

「失礼かとは存じましたが、わたしに関わることでございましたのでお話をうかがっておりました」

「よい、話が早くて助かる。それでニナよ、私のオーダーは今お前が考えているとおりだが……できるか？　メイドの仕事の中でも、皿洗いや洗濯、お茶を淹れるといった内容とは違う、難易度の高いオーダーだぞ」

「問題なく、できるかと存じます」

　ニナは、即答した。

「メイドなら当然です」


ノックをしたが、返事はない。だけれど部屋のドアに鍵は掛かっていないのでニナは中へと入った。

厚いカーテンを引いた室内は、外から細く光が射し込んでいる。いくら高地のライテンシュタールといえど蒸し暑くて空気が籠もっていた。

今までニナが見たどんな高い地位の人よりも、狭い部屋だった。

「……掃除は必要ないと言いましたよ」

しゃがれた声がベッドから聞こえてくる。

「晩餐会がございますからそのお支度に参りました」

「——誰？」

聞いたことのない声だったからだろう、ベッドに起き上がった気配があった。ニナはカーテンを開けた。南向きの窓から明るい光が射し込み、室内を照らした。ベッドにいた人物は明るさにハッとすると布団に潜り込んだ。

「だ、誰なのあなたは！　警備員を呼びますよ！」

「わたしはメイドでございます、王妃様」

「……メイド？　それは他国にいる、雇用主に傅《かしず》くあのメイド？」

「さようでございます」

　王妃はメイドの存在を知っていたらしい。

「そのメイドが……なんですって？」

「晩餐会のお支度に参りました」

「……私は晩餐会には出ません」

「はい。そのようにうかがいましたが王妃様はきっとおいでになります」

「……どうしてそんなことを初対面のあなたが言えるの？」

　一国の王妃と相対しているとは思えないほどに、それは人間的な交流だった。メイドは確かに「雇用主に傅く」ものであり、その関係を勘違いして横暴な振る舞いをする主は多い。善良な主であったとしても、これほどメイドを「人」扱いしてくれることは稀だった。

「晩餐会は五賢人であるミリアド様を歓待するものでございましょう。そこに王妃様がいらっしゃらなければ、その歓待の心を疑われる可能性があります。思慮深い王妃様はそこまでお考えになり、必ず出席されると思いました……たとえどれほどお心に負担があっても」

　しばらくの沈黙の後、

「……あなたは優しいのね」

「もったいないお言葉です」

「最後に少しだけ出ればいいの。だからあなたは必要ないわ――」

「いいえ、参加されるのでしたら最初からがよろしゅうございます。ライテンシュタールの輝ける太陽である王様の隣で、月のように優しく照らす王妃様がいらっしゃることこそが、晩餐会においてもっとも重要なことです」

「月だなんて……私はただのお飾りの王妃よ」

「違います。先ほど王妃様がおっしゃったとおり、私は今初めて王妃様のお目に掛かりました。ですが先ほど王様から、そして王妃様とともに働いていらっしゃる皆様から、王妃様についてお話はうかがっております。皆様は口をそろえて、王妃様の『聡明さ』を口にしていらっしゃいました。王妃という地位がなかったとしても、きっと大事を成し遂げたであろう御方だと」

「それは私の地位を考えておもねっているだけでしょう」

「いいえ、ミリアド様も王妃様の聡明さについて言及していらしたので、間違いはありません。わたしはミリアド様の依頼でここに来ております」

「ミ、ミリアド様が……!?」

これには驚いたのか、王妃が身体を起こした。

髪がほつれ、化粧が乱れ、目が赤いのは――涙を流したせいかもしれなかった。その姿を見てニナは胸の奥をきゅっと締めつけられたように感じた。

「ウソでしょう、だってミリアド様は私の提案をはねのけましたし……」

「『大陸横断鉄道』に関して、最終的にはライテンシュタールのための決断をできるのが王妃様だと、ミリアド様はおっしゃいました。私情に惑わされない御方だと。だからこそミリアド様はわたしに依頼されたのでしょう」

「あなたを……」

「はい、僭越ながらわたしは、賢人会議でお世話をさせていただきましたので」

「ああ……そんな、五賢人様がわざわざ私のために、なんともったいない……」

肩を震わせ、うつむく王妃へと近づいてニナはその背中を優しくさすった。

「王妃様、晩餐会に参加してくださいますか？」

「……わかりました……ミリアド様がそこまでしてくださるのでしたら、私が他国の商人に嘲笑されることくらいたいしたことではありませんからね」

「いいえ、王妃様はけっして笑われたりはしません」

「でも——ここには、他国の晩餐会に出られるほどのドレスも、装飾品もないのよ」

「先ほど手配いたしました」

「手配……？　で、でも私はこのように、短い髪で、貴族の女性とはほど遠い——」

「それも問題ありません」

ニナは自信満々でうなずきかけた。

これほどニナが自信を振りまくことはほとんどない。だけれど今は——不安がっている王妃を安心させるには必要なことだった。

「王妃様、メイドにお任せください」

「……信じても、いいのですか」

「もちろんです」

するとと王妃はつっかえながらもうなずいた。きっとニナを信じたのではなく、ニナを送り込んだ賢人ミリアドを信じたのだろうけれど、それで十分だった。

ニナはまず断りを入れてクローゼットを確認した。ウォークインクローゼットにはさすがに多くの服があったが、それは他国の貴族夫人と比べたら10分の1くらいのものだろう。しかもほつれていたり、ボタンの留め方がおかしいものまであった——「自分のことは自分でやる」というこの国において、王妃が自分でなんとかしようとしたのだ。後で必ず全部直そうとニナは心に誓った。

装飾品についても同様だった。とにかく数が少ない。

「わ、私はなにをすればいいのかしら……恥ずかしながら晩餐会らしい晩餐会を開いたことがほとんどなくて。そのときも、もっと小さい規模でしたし……」

「すべてメイドにお任せください。まずはこちらにどうぞ」

ベッドから出てきた王妃をイスに座らせ、まずニナが始めたのは——すべての化粧を落とし、顔や首といった身体を磨くことだった。

「か、身体を洗うくらいは自分でできます！」

「承知しております。ですが今回は他人に見せるために磨くことが大切です。お恥ずかしいとは存じますがお許しくださいませ」

「ううう……他国の貴族はみんなこうなのですか!?」

「はい。他人の目によって確認し、磨くことがなにより重要なのです」

真っ赤になりながらニナのなすがままになっていた王妃は、服も脱がされますます真っ赤になったが――ニナはその肢体に目を瞠《みは》った。

年齢は30を超えているし、出産経験もあるはずだが、20代と言っても通用するほどに若々しい。これは、贅沢をせずにきちんとした食生活を送ってきたからこそだろう。そして「自分のことは自分でやる」というポリシーに従って身体を動かしてきたのもよかったのだ。

（磨きがいがありますね……！）

密かに興奮しているニナには気づかず、特製の香油と石けんを混ぜたエキスで背中をこすられながら王妃は、真っ赤になった顔を手で覆っているのだった。

「――よろしゅうございます」

「お、終わりましたか……？　――え」

姿見に映った自分を見て、王妃は目を瞠った。

ニナは「磨く」と言ったが、それはまさにそのとおりだった。肌には張りと潤いがあり、血色もよくなっている。化粧はすべて落ちていたが、つるりとした頬なんて10歳も若返ったかのようだった。

「王妃様は若々しくいらっしゃるので、薄めのお化粧にしましょう。王妃様のお優しくもお強い印象を高めるためでございます」

「は、はい……」

若々しい、なんてふだん言われたら「お世辞は聞きたくありません」と言う王妃だったが、変貌した自分を見せられては言葉も出ない。

ローブを着た王妃は呆然としたまま隣の部屋へと移った――ニナに手を引っ張られてふわふわした足取りで移動してきた。

そこには、

「こっ、これは……!?」

移動式のハンガーラックが列をなしており、大量のドレスがあった。

「懇意にしている商会にお願いして、手に入る限りのドレスを運んでもらいました」

すると続き間の扉の向こうから、ファースの声が聞こえた。

「――ニナさん、こちらでよろしかったですか」

「はい、ファースさん、ありがとうございます」

ニナが扉に近寄って声を返すと、ファースは黙り込んでいたが、

「――とんでもありません。また後ほど」

と言って去って行った。

着替えをするかもしれない部屋に入らない気遣いはさすがだった。

「………………」

今のわずかなファースの沈黙に、どんな意味があったのかニナにはわかった。

先ほどまでニナはしょげ返っていた。この国にはメイドという職業を受け入れる文化がなくて、メイドがすばらしいものであると証明したくともそれはすべて裏目に出てしまった。ファースはニ

ナにつらい思いをさせてしまったと気に病んでいたし、一方で、今回のこと……王妃のために働くことで、同じように裏目に出ることもあり得るのに、どうしてニナが引き受けたのか不思議だったのだろう。

「王妃様、まずはお好みを聞かせていただけますか？」

「こ、好みですか……私は、ドレスの流行についてはまったく疎くて……」

「ではわたしにお任せいただけますか？」

「はい、一任します」

こういうドレス選びにおいては夫人や令嬢の「好み」や「思い込み」——「今の流行はこれ」という「思い込み」——があるのがふつうで、こんなふうにメイドに完全に任されるなんてことはほとんどない。

それだけにニナは、自分の胸に震えるような喜びが走るのを感じた。

頼られること。

その期待に応えること。

それこそがメイドの働きがいだ。

（……そうなのです、ファースさん。ご心配いただいているとおり、わたしは「メイド」としてのあり方に疑問を持ってしまいました。「ライテンシュタール以外の国で働けばいい」という単純な回答では、「人の生活を突き詰めると、メイドは必要ないのでは？」という疑問に答えることはできないので……）

ニナは「かしこまりました」と一礼すると迷路のように並ぶドレスの森へと入っていく。色、シルエット、布地感はもちろん、それがいつ仕立てられ、今日着ても問題のない出来かについても確認していく。

（けれど、ミリアド様が「メイドの出番だ」とおっしゃったとき……ハッとしました。国の文化だとか、魔道具の進歩だとかは関係なくて、そこにメイドの仕事があればわたしは全力を尽くしたいと思ったのです。それはとてもシンプルな「答え」でした。喉の渇いた旅人が水を飲むのと同じようにシンプルな欲求でした……）

ニナは数着のドレスを抱えて、部屋の中央にあったテーブルに並べていく。

「あの……メイドさん。いくつもありますけど、この中から選ぶのですか？」

「いえ。このどれもが現在の流行からは遅れてしまっているものです」

「そうなのですか!?」

ライテンシュタールの服飾系の商会を走り回ってファースに集めてもらったドレスだけれど、「帝国の流行最先端」みたいなものは当然ない。ライテンシュタールではドレスの需要が少ないので、古いものや、流行遅れになってしまったものが流れ着くのだ。

「ですが、流行とは常に変化し続けるものであり、裏を返すとそのひとつ前の流行からつながっています。画期的な発明によって一変する魔道具とは違って、まったく新しいデザインがドレスの世界を変革する、ということはこの100年以上ありませんでした」

「人の趣味嗜好はそう簡単に変わらないということね？」

「おっしゃるとおりです」

話の核心をすぐつかめる王妃は、やはり聡明な人だとニナは思った。

だからこそ——この人を輝かせたい。

「それで……この流行に遅れたドレスを集めてどうするのですか？」

「はい。パーツとパーツをつなぎ合わせる手直しをします」

「手直し……？」

「くたびれてしまった布地を復活させることはかなりの手間ですが、まだ十分活躍できる布地を合わせていくことで流行に合ったシルエットに変えます」

「そ、そんなことができるのですか？　あなたに？」

「メイドなら当然です」

ぺこりと一礼したニナを見て、王妃は目を瞬かせながら「メイドってすごいのね……」なんてつぶやいた。それが勘違いであることを知るのはずっと後になるのだが、それはともかく、ニナは手を動かした。

今の帝国のドレスの流行は、馬車に乗るときにぶつけてしまうほどの「大きな帽子」とそのボリュームに合うドレスだった。だけれど今回の晩餐会は室内で行われるので、王妃だけがそんなに目立つ帽子をかぶることは悪目立ちする。

ドレスのボリュームは維持して、上半身はシンプルにいこうとニナは決める。

「メイドさん……その、もうひとつ気になったのだけれど」

「なんでございましょう」

「この色しかないの……？」

ニナが選んできたドレスはすべて、ある色によって統一されていた。

「はい、王妃様」

ニナは、今日いちばんの笑顔で答えた。

「この色こそが王妃様を輝かせるのです」


やがて日が暮れていくという時間帯になって、ライテンシュタールの国立大会議場の前には多くの馬車がやってきた。こちらはその名の通りふだんは会議のために使われるのだが、ライテンシュタールには国王所有の迎賓館や特別な宴会場のようなものがないために、会議場が使われる運びとなった。

国内の大商会はもちろん、政府の高官、それに国外の商会代表やたまたま逗留していた芸術家たちが招待され、その数は２００人にもなっていた。

広々とした大会議場にはテーブルが並べられ、肩肘の張らない立食形式のパーティーとなったのはミリアドの希望でもあると説明がされていた。

「——賢人様に直接お目に掛かれるとは、なんという幸運」

「――ここぞとばかりに商売トークを切り出してはいけませんぞ。失礼に当たりますからな」

「――いやいやそちらこそ、最近は魔道具の販売に力を入れているではありませんか」

と牽制し合う商会の代表者もいれば、

「こ、こんなところに呼ばれていいのですかな……」

と緊張している工場長がいたりもした。ライテンシュタールにおいては精密部品の工場は国の中核を担う大事な施設なので、工場長は自身が考えているよりもずっと著名な名士なのだ。

「………」

「ちょっと」

「………」

「ちょっと、ファースさん」

「……あ、は、はい、なんでしょう、アストリッドさん」

「落ち着きなさいよ。うろうろされたらこっちが気になってしまうわ」

「は、はい……」

先ほどから3メートルの距離を行ったり来たりしているファースにアストリッドは苦言を呈した。このまま放っておけばそこだけ絨毯が剝げてしまいそうだ。

「チィは腹ぺこなのです」

「食事が出てきたらそりゃ食べてもいいけど、ほどほどにね？　一応あたしたち、ファースさんの商会の名前を借りてきているんだから」

「はいなのです」

エミリが言ったとおり、ファース、アストリッド、エミリ、ティエンの４人はヴィク商会の招待枠を使っているので、貸衣装ではあるけれどそれ相応の格好をしている。ファースだけは自前のスーツでびしりと決めているが、アストリッドはタイトなロングドレス、エミリはスカートの広がったオーソドックスなドレスで、ティエンはエミリとおそろいのドレスだった——大きさは少し小さいけれど。ティエンは頭の耳と腕の長い毛を隠すために帽子と手袋を着用している。月狼族が差別されているわけではなく、悪目立ちしたくなかったからだ。

「ニナくんに任せたのだから、ファースさんがこれ以上心配しても仕方がないでしょう」

「それは……そうなんですが。逆にどうしてアストリッドさんはそんなに落ち着いていられるんですか？」

「まあ、ニナくんだからねえ……」

アストリッドは遠い日をした。

「きっと私じゃ思いつかないようなとんでもないことを仕掛けてくると思うんだよね……」

「はあ……」

「そういうファースさんだってやれることはやったんでしょう？」

「それはもちろん。今、私の持っているすべてを使いましたからね」

「ニナくんを信用している証拠だ」

「もちろんです」

「じゃあ、どっしり構えなきゃ。ヴィク商会の次代のホープが浮き足立ってたら変に目立つよ」

「いや、だからですね。私はもうヴィク商会からは……」

「わかった、わかった」

「いや、本気ですからね？」

「わかった、わかった」

「アストリッドさん……もしかして、私をヴィク商会に押し込んでニナさんから遠ざけようとか思ってませんよね……？」

「わかった、わかった」

「アストリッドさん!?」

そんなアストリッドとファースを、離れたところで見ている商会代表たちがいた。

「──あの騒がしい連中は？　新顔か？　ライテンシュタールに新たな商会が進出したという話も聞いていないが」

「──ヴィク商会ではないかね。なんでも商会長のボンボンが来ているとかなんとか聞いたぞ」

「──ふん。所詮は新興商会だな。頭の悪そうな女など連れて、晩餐会を楽しむつもりか？　ここは商談の場だというのに……」

これ聞こえよがしの声量だったのではっきりと、ファースにも、アストリッドにも聞こえた。

「……へえ、この私にケンカ売ってるんだ」

ぽきりと首を鳴らしたアストリッドがそちらに行こうとすると、

「待ってください、アストリッドさん」

「止めないで」

「いえ――行くならいっしょに行きましょう」

「え？」

アストリッドの横をずんずんとファースは進んでいき、陰口をたたいていた商会代表たちの前へと立った。

「な、なんだね君は」

「情報交換や商談は商人にとって欠かせないものではありますが、こそこそ群れて陰口をたたくのは商人として……いえ、人としての品格を疑われますよ」

「なにっ⁉」

「その言葉、ヴィク商会を代表するものかね⁉」

「失礼極まりない！」

口々にわめき立てる商会代表に、ファースは言う。

「私はファース＝ヴィク。ヴィク商会の代表枠を借りてきていますが、もはやヴィク商会と関係はありません」

「ヴィク一家なのに、ヴィク商会とは関係ないだと……？」

「独立して商会を立ち上げることにしましたからね。他ならぬ、こちらのアストリッド女史と。彼女は希有な才能を持つ発明家でいらっしゃいます。彼女に対する陰口は聞き捨てなりません」

ためらいもなく、なんの遠慮もなく、アストリッドを「希有な才能を持つ発明家」とファースは言い切り、正面からそんな言葉を浴びたアストリッドは思わず足を止めた。

「ははっ、女の発明家だって？　帝国の有名な発明家はすべて男だと知らんのかね」

「知らないのだろう。なんせ、ヴィク商会を追放されたいい息子さんのようだからねえ」

「これはヴィク商会も先が知れているな……いや、無能な息子を放り出したのだから現商会長は優秀だと言えるのかもしれないねえ」

商会代表たちアストリッドが女性であるという事実だけで、はっきりと侮る態度を見せた。アストリッドは、ボーダーガードの街でアンドレアが軽んじられていたことを思い出す。ユピテル帝国は皇帝が女性であるがために首都では男も女もほとんど意識することはなかったけれど、こうして首都を離れると古い考えの者がいまだに多いと言うことを思い知らされる。

「——アイツらぶん投げていいですよね？」

「——ちょっと待ちなさい、ティエン。燃やしたほうが確実よ」

後ろで物騒な会話をしているふたりがいたが、ファースはそれにも気づかないほどに静かな怒りをたぎらせていた。

「なるほど……つまりあなたがたが、王妃様を軽んじた商会代表たちというわけですね？」

「いや、いや、そのような不敬なことはしてはいない。まったく言いがかりをつけるのは困るな」

言質《げんち》を取らせないように商会代表は薄ら笑いを浮かべて首を横に振った。

「王妃様は聡明でいらっしゃると、ミリアド様がおっしゃっているのも知らないのですか」

「賢人ミリアド様が？　王妃様を？　ははっ、なにを言うのかと思えば……我々は賢人様とはすでに面会が済んでいるのだ。その場では賢人様は王様の発言をよく聞いておられたし、王妃様は……これは不敬ではなく、事実を述べるだけだが、その場にいらしただけだったよ」

「最初は王妃様とは気づかなかったがね、あまりにも帝国の貴き御方たちとは違う出で立ちでいらっしゃったので」

「そうそう。あれではまるで使用人のような……いや、これ以上は不敬に当たるな」

笑い出す商会代表たちにファースは冷たい目を向けた。

「ほう、であれば、あなた方はミリアド様が王妃様を認めていないと言うのですね？」

「いやはや、賢人様の頭脳を推し量ることはできないが、少なくとも王妃様の能力を認めているとか、そういうことはないでしょうな」

と、そのとき、リーンリーンと甲高い鈴の音が聞こえた。

『我らがライテンシュタール国家の輝ける王様がいらっしゃいます』

魔道具によって大きくなった声が響くと、奥にある両開きの扉が開いて、そこから国王がひとりで現れた。

頭に大きな王冠をかぶり、緋色のマントを引きずって歩く姿はわかりやすい「王」の姿だった。

それは裏を返すとどこか古くささを感じさせる。

国王は、大会議場のステージの中央に上がると、そこに用意されていた王座に腰を下ろした。

本来ならばここから順々に国王への拝謁が始まる長い行列ができるところだったけれど、今日は違った。国王の横にもうひとつ、それに近い意匠のイスが置かれてあったのだ。これに誰が座るのか――商会代表たちは全員同じ思いだった。

『続いて』

ほら、来たぞ――。

『五賢人ミリアド様と、ライテンシュタール王妃様がいらっしゃいます』

え？

という空気が一瞬流れた。

もう一度開いた両開きの扉に全員の視線が集まるが、そこを見た商会代表たちはさらなる驚きに貫かれることになる。

ミリアドはいつもどおりの服装だった。室内だというのにフードを目深にかぶっていて、人と積極的に話すつもりがなさそうな雰囲気すらある。

だけれどそんなミリアドが手を取って、、、、、エスコートしているのが――王妃だった。

純白のドレスはまるでつい今し方、蚕から紡いできたシルクのようにまばゆく輝いている。そのシルエットは腰でぎゅっとした後は、裾へいくにしたがって広がっており、

「……ウェディングドレスみたい……きれい……」

ぽかん、とエミリがつぶやいてしまうほど。

大きく開いた胸元には磨き上げられたシルバーのチェーンが掛かっていて、そこに七色の光を放つ無色透明の宝石がぶら下がっていた。

「ダ、ダイヤモンド……!?」

商会代表の誰かが絶句したが、まさしくそれはダイヤモンドだった。もちろんファースが提供したもので、指輪の台座から取り外してネックレスに加工したのである。ファースが「持っているすべて」を使ったというのはダイヤモンドも含んでいた。

そして王妃自身もまた、ドレスや宝石の輝きに負けないほどに輝いていた。短い髪は女性らしさを損なうどころかむしろ、肌の艶や健康美を隠さない。王妃の魅力が余すところなく放たれている。

王座に座っていた国王は王妃の入場からずっと後ろを振り向いてそちらを見つめていた。この上ないというほどのにこにこ顔である。自慢の妃が美しくなってうれしくないわけがない。

王妃がやってきて、国王の隣のイスに腰を下ろすと、ミリアドは王妃の隣に立った。

これだけで、全員が思い知った。

ミリアドは王妃の味方であり、後ろ盾であり、彼女を高く評価しているのだと。

「——言ったでしょう？　ミリアド様は王妃様を高く評価していらっしゃると」

ファースは、アゴが外れるほど口を開いて固まったままの商会代表たちにそう告げると、

「ではこれにて失礼。我々は拝謁に向かわねばなりませんので——アストリッド女史、参りましょう」

「ええ」

ファースにエスコートをされたアストリッドは、誰よりも早く拝謁へと向かうのだった——いまだに驚きから全員が醒めておらず、いや、王妃の美しさに見惚れている者も多かったが、誰よりも

早く行動できたのはファースだった。

アストリッドがちらりと見ると、この王妃を変身させた立役者《メイド》は、給仕のためにホール中を動き回っていたが、それに気づいた者はごく少数だった。それはメイドにとって望むところだった。なぜかと言えばメイドの仕事は主人を輝かせることであり、自分が目立つことではないのだから。

晩餐会が、国王の即位以来、最高の盛り上がりを見せたことは言うまでもないだろう。

「ニナさん、いいですか、怪しい男についていってはいけませんよ。あ、怪しい女でもダメです。ニナさんがお仕事をする前にはなんともなかったくせに、仕事ぶりを見た途端にすり寄ってくるヤツはいちばんダメですからね！」

「は、はい……」

「それとニナさんはよく訓練された……とてつもなく訓練されたメイドであることは理解していますが、危険なとき、必要なときには大声を出して助けを呼ぶこと。ティエンさんがいいですね。ティエンさんならすぐに来てくれるでしょう。次にエミリさんですかね。ティエンさんもエミリさんもいなかったら全力で逃げてくださいね」

「わ、わかりました……」

「ファースさん、そこで私の名前が出てこないのはどういうこと？」

「あ。アストリッドさんは自分で自分の身を守れると思うので」

「そうはっきり言われるとむしろ清々しいけど、イラッとはするね……」

晩餐会から2日後。

今日は、ライテンシュタールの首都を出立し、ノストへと向かう日だった。

国王、王妃の連名でノストへの入国許可を出してくれたおかげで、あっという間に許可が下りたのである。

ファースとはここで別れることになるので、朝からファースはニナに「注意」をしていたのだった。

「ああ……こんなに不安なら全部ケットさんに預けて私もノストに行けるよう準備してくるべきでした……」

遠いウォルテル公国の空の下でケットは今ごろくしゃみをしていることだろう。

「さて、荷物も片付いたことだし行こうか。エミリくんとティエンくんもいいかい?」

寝ぼけ眼のエミリにティエンが肩を貸している。

「……ふぁい」

「エミリが重たいからアストリッドに代わってほしいですけど」

「ティエンくんが重いというなら相当の重さということになるんだけど……エミリくん太った?」

「失礼ね!?　太ってないわよ！」

「ニナくんももう行けるね?」

「あ、はい！」

「ニナさん、ほんとにほんとにほんとにほんとに気をつけてくださいね……！」

「も、もちろんです」

滂沱《ぼうだ》と涙を流すファースに若干引きながらニナが言うと、

「おい、時間だ」

ドアが開いてそこにミリアドが現れた。

「あっ、わざわざすみません、ミリアド様……！」

「よい」

「アストリッドさん、出る前にちょっと寄りたいところがあるのですが……」

「いいよいいよ。先に行っといで」

「あうぅ、ニナさん……」

「エミリはもっと痩せるべきです」

「痩せっ!?　ちょっ、最近ティエンからの当たりがキツいんだけど!?」

わちゃわちゃしながらニナたちが荷物を持って部屋を出て行くと、

「…………」

「…………」

ファースが恨めしそうな目でミリアドを見やった。

「……なんだ」

「いえ、別に……ミリアド様はいいなあって思っただけですよ」

「そういうお前こそ、大活躍だったではないか」

「私が？　なんの話です」

ファースがきょとんとしていると、

「王妃のドレスアップを陰ながら支援したのはお前だろう？」

「私は商人ですからね、対価はいただいていますよ」

「あの短時間で首都中を駆けずり回ってドレスを集めるのは、そう簡単なことではない。しかも私物の金剛石まで提供するとはな」

「あれはいただきものですし、ちゃんと返してもらいましたし」

「ほう、あくまでも商人として損はしていないと？」

「そのとおりです」

ファースはぺこりと頭を下げた。

「では、王妃の信頼を損なったことで大口の取引がフイになった商人たちについてはどうだ？」

ミリアドは重ねて言った。それは、王妃を侮っていた商会代表たちのことだ。本来は王妃も、国王ですら商人同士の取引に介入する余地はない。

だけれど晩餐会の大成功で王妃の発言権はいや増し、王妃の肝いりで精密部品のさらなる微細化に関する事業があるとわかると商人たちは目の色を変えた。

「王妃はお前を名指しで、事業推進のトップとして動いてほしいと要望したな？」

「……ええ、畏れ多くも『ヴィク商会』で請け負わせていただくことになりました」

「そう、『ヴィク商会』だ。だがお前は自分で独立するとあの商会代表たちに大見得を切っていたではないか」

「よくご存じですね？」

「遠くの話を聞く魔法というものがある。諜報活動に使えてしまうのでおおっぴらにはできんがな」

「それは……また、商人が欲しがりそうな魔法ですね」

「いずれにせよお前は、自分が抜ける商会に利益を譲った。『対価』もなしに。そうだろう？」

「………………」

　ファースは肩をすくめて見せた。ミリアドの言うとおりだったけれど、それを認めたくなかったのだ。

「フッ。商人にしては欲がないな、ファ、ファ、ファースよ」

　ミリアドは小さく笑った。

「では私はもう行くとしよう。お前とはもう会うこともないかもしれんな」

　そして外へ出ていこうとした背中に、

「……ミリアド様、確かに私は『ヴィク商会』の者ではなくなります。そして新しい商会はすでに立ち上げているのです――『アス・ニナ商会』という名前です」

　声を掛けた。

傍《はた》から見ればそれは、ただ事実を伝えただけの言葉だったかもしれない。

だけれどこの場にいるふたり——新進気鋭の野心ある若手商人と、五賢人と呼ばれる魔導士にとって、この言葉は違う意味を持っていた。

「覚えておこう」

ミリアドはそう言うと、扉を閉めて出て行った。

「………………」

先ほどミリアドは初めて、自分を「商人」呼びではなく名前で呼んだ。つまりそれはミリアドがファースを認識したということに他ならず、一般の商人であれば五賢人に認識されたとなればダンスステップを踏んで喜ぶところだろう。

だけれど、ファースは違った。

「ああ……そうか、私は腹が立っていたのですね」

認識した、ということはミリアドがはるかな高みからファースを見下ろしていることになる。認識してやった、とも言える。

そんなのはまっぴらゴメンだ。

こと、ニナたちに関しては。

だからファースは伝えたのだ、「アス・ニナ商会」の名前を。まだ、アストリッドとニナにも告げていない名前を。ニナやアストリッドに注目したのは自分のほうが先だという意味を込めて。

それはニナたちに関しては絶対譲らない、一歩も譲る気がないという宣戦布告でもあった——。

「……あぁぁぁぁあぁぁああああやっぱり今からノストに行こうかなあ!?」

頭を抱えてファースは嘆くのだった。

書類を持って来た高官は、廊下まで人があふれている状況に驚き、立ち止まった――「王様の執務室には人が押し寄せているから、書類を持って行くなら時間に余裕を持ったほうがいい」という同僚の忠告は正しかったようだ。

「おお、お前も来たのか。今は酪農部の陳情で侃々諤々《かんかんがくがく》の議論が勃発しているからな、あと2時間は掛かるぞ」

高官に気づいた顔見知りの役人が声を掛ける。

「え、ええ……？　酪農部って言ったらこの国トップの部門でしょう。そこが陳情？」

「精密部品への大型投資をしたいという王妃様のご意向で、技術開発部が幅を利かせてるからなあ、酪農部も存在感のアピールに必死なんだろう」

「こっちは急ぎなんだけどな」

「ま、我々公僕は待つことも仕事だ」

すでに廊下にはいくつもイスが用意されており、役人たちは書類を片手におしゃべりしているのだった。ふだんは仕事に忙しい彼らにとって、「国王の承認」に時間を取られるなんてことは今まではとんどなかったのだが、２日前の晩餐会で状況は変化した。

（なんともまあ、時間の無駄を……）

仕方がなく自分もおしゃべりを始めた高官だったが、この無駄に思える時間も実は思わぬ効果を生んだ。ライテンシュタールは国王だけが特別な存在だったので、役人は役人でそれぞれが独立して動いていた。その結果、「隣の部署がなにをやっているかわからない。知ろうともしない」という「タコツボ化」が進んでいたのである。

それが、おしゃべりをすることで新たな発見が生まれる。違う部署でまったく同じ仕事をしていたり、あるいはやりたかった仕事が他の部署にあったりということがわかり、部署間の連携につながったのである。

これによっていくつもの新しい事業が生まれることになった。

幸運にもライテンシュタールが小国であり、役人にある程度の権限を持たせていたからこそできたことではあったけれど、国王と王妃すら知らないうちに、国はよくなっていったのだ。


「ふぅぅぅ……毎日これだとしんどいのう」

一日の執務が終わり、夫婦の私室に戻った国王がソファでうめくと、

「ほんとうに。でも、各部門の長がこれほど真剣に事業について語るのを初めて見ましたわ」

王妃がその隣に座り込んだ。王妃も王妃で疲れている。

「いやー、はは……私じゃなく君に語っていたんだと思うよ。質疑応答だって君がほとんど質問し

ていたじゃないか」

「それは王様が……あなたが、私に好きにさせてくれるからですよ。国民の自由を保障しているあなたがいるから、みんなのびのびと生きていけるのです」

「買いかぶりすぎだよ」

「ではそういうことにしておきましょう」

　王妃は立ち上がってから、

「そうそう、私、気がついたのですが――彼らは前々から『王様ともっと話したかった』のかもしれませんね」

「……ええ？」

「事業を語るあの熱量は、保身や、自分たちの存在アピールだけではないものがあると私は感じました。思い出しませんか？　リュースが、私たちの可愛いリュースが小さかったころのこと」

　リュースというのは国王と王妃の間に生まれた子で、今は16歳という若さながらその才気を発揮して、ユピテル帝国に仕官している。その上の子たちは実は先妻――死別した先代王妃の子であったけれど、王妃はその子たちとリュースを分け隔てなく愛している。

　ちなみに言うと上の子たちは乳牛を育てる現場で、精密部品工場の現場で、それぞれ研修している。主要産業の現場をしっかり経験しなければ国王としてふさわしくないというのが父の考えだった。

「リュースは目をキラキラさせて、今日こんなことがあった、誰それとケンカした、これこれを学んだと報告してくれたでしょう？　各部門の長も、同じ気持ちだったのではないでしょうか」

「そうかなあ……リュースのほうがずっとかわいいじゃないか」

「ふふ、それは当たり前でしょう」

振り向いた王妃は微笑んだ――ドレスも、胸に輝く金剛石もなかったけれど、その美しさは晩餐会のときに見た美しさと寸分の変わりもなかった。

思わず目をこすって再確認しようとしてしまう国王には気づかず、王妃は自分の部屋へと戻っていった。

「――ああ、やっぱりいませんね……」

王妃の私室は狭い。あと少しで完全に沈んでしまう夕焼けの、茜色の光が射し込んでいた。

王妃は魔導ランプを点けると、自分の手でカーテンを閉めた。

あの日、カーテンを開けてくれたのは小柄なメイドの小さな手だった。

それから起きたことを一生忘れることはないだろう――自分が変身していく感覚、周囲の表情が変わっていく変革、まるで自分がとてつもない重要人物になってしまったかのような……錯覚。

「あなたは残酷ですね」

王妃は注目を浴び、賢人ミリアドですら自分の意見を尊重してくれた。

あの晩餐会によってライテンシュタールの国内は大いに振り回されることになるだろう、今しばらくは。

でも、それを成し遂げたメイドはもういない。

名前すら告げずに去っていった。

ドレスは、正当な金額で買い上げたし、金剛石についても買い取ると言ったのだけれど「元に戻して持ち主にお返ししないと」と言われたのでここにはもうない。

晩餐会ではあのメイドは給仕をしていたのだが、今振り返ってみるとおかしなことがあった。というのも晩餐会とは良きにつけ悪しきにつけ食事が話題になるものだ。だけれどみんな、王妃である自分の変貌や、ミリアドとの対話、精密部品開発を進めていくというトピックに夢中で、食事についての一切の話題がない。


確かに、王妃も食べたはずだけれど、覚えていない――それくらい存在感がなかった。

あのメイドが料理の手配についても協力してくれたとはちらりと聞いていた。いったい、どんな魔法を掛けたというのか。話題が分散しないように――すべて「王妃の話題」に集中させるために食事の気配まで消すとは。

「そんなこと……可能なの？　ただの偶然？」

ふう、とため息を吐いた王妃は、着替えをするべくクローゼットに続く扉を開いた。

「……ん？」

はた、と立ち止まる。そのウォークインクローゼットに並んでいたのは――自分の服であることは間違いない。

だけれど、たたずまいが違った。吊るされた服の姿が、ぴしっとしているのだ。

「え？　え？」

ほつれた部分が繕われ、ボタンも直っている。布地のよれは伸ばされているし、ホコリひとつついていない。ものによっては新品のようによみがえっているものもある。

「あ……」

メイドの仕業だとすぐにわかった。

なぜなら棚にメモが置かれてあったのだ——事細かに、服の手入れの仕方について書かれたメモだ。

実はこれこそが、出国前にニナの言っていた「ちょっと寄りたいところ」であり、やっておきたかったことだった。

「これが……メイドの仕事……」

あらゆる点まで行き届いたサービス。王妃に一切の負担を強いず、王妃を輝かせるというただそれだけのための行動。晩餐会が終わった後のことまで考えてくれている——メイドのプロフェッショナルに王妃は深く心を動かされた。

「確か……今日、出国でしたね」

ここまでやってくれたメイドともう会えないと思うと胸が苦しくなった。メイドが、ミリアドを通じて望んだことは、ノストへの入国許可の手続き、ただそれだけだった。

「そんな彼女になにか報いることは……。そうです！」

王妃はクローゼットを出ると、隣室へと戻った。

扉を開くと、すぐ目の前に国王がいた。彼は美しくなった王妃ともうすこし長く、夫婦水入らずで過ごしたいなぁと思ってそわそわしていたので、いきなり扉が開いてびっくりした。

「王様、お願いがあります」

「お、お願い？　なにかな？」

「メイドを雇いましょう！」

王妃の剣幕に押された国王は目をぱちぱちさせるだけで精一杯だった。

「え？　そ、それって王妃のそばに置きたいということ？　それはこの国の文化には合わないんじゃないかなあ……」

「違います、王様。あれほどの技術はもちろん、他人をもてなす心を知ることは、ライテンシュタールの国民にとっておおいにプラスになると思いませんか？　女性も、男性も等しく美しくなれるのですから」

「お、おお……それはいいね！」

実際のところ、メイドにそんな力はないのだが、王妃はそう信じ込んでいた。

ちなみに言うと、女主人と同じ高さの視座で話ができ、女主人の貴重品を管理したりドレスを選んだりというのは、メイドはメイドでも「レディーズメイド」というのだが、その違いも王妃はもちろんわかっていない。ただわかっているのは、レディーズメイドの仕事は、ライテンシュタールにあるどんな職種であっても替えが利かないということだった。

王妃の熱っぽい語り口はライテンシュタール国民の多くの興味を惹き、「メイド」という仕事に対する認識を大いに改めた。加えて国王と王妃に仕えるメイド職が公募に掛けられ、その給金の高さに応募が殺到することになるものの、要求されるスキル水準の高さに合格者はゼロだった。

ウワサがウワサを呼び、ユピテル帝国からも本職のメイドがやってくるがこれも全部不合格となり、いよいよもってメイドは幻の職となっていく。

だけれど、王妃は、「少女にもできる仕事」であり「私は実際に、彼女によって助けられました」と何度も何度も言うので、ライテンシュタールに生まれた少女たちにとって「メイド」は憧れの職業になったのである——。

エピローグ　そして次の国境は間近にあり

ライテンシュタールで「メイド」が幻の珍獣のような存在になっていくことなどつゆ知らず、ニナは馬車に乗っていた。

広がる草原と草を食む牛、羊、山羊。

このあたりはモンスターがほとんど出ないからだろう、自由に放牧しているようだった。

ただ、道は緩やかにずっと下っており、高度はどんどん下がっている。

(師匠はもう幽々夜国にいるのでしょうか……わたしたちは師匠の後を追っているはずですが、師匠の痕跡がどこにもありません……)

師匠であるヴァシリアーチに助け《ヘルプ》を求められ、ここまでやってきた。幽々夜国でなにをしてほしいのかはいまだにわからないし、これから行くノストという国の中にある独立国だから情報もほとんどない。

それに不思議なのは、ヴァシリアーチの痕跡がまったくないということだった。ニナから見るとヴァシリアーチは「超人メイド」だ。師匠を思い出すとその存在感に震えが来るほどだけれど、メイドとして行動するときの師匠は、完璧にその存在感を消し去ることができる。ニナでさえ気を抜く師匠を見失うほどに。

とはいえ、人は人である。人が行けば痕跡が残るものである。ニナたちは、ユピテル帝国の首都サンダーガードから幽々夜国まで、いくつか考えられるルートのうちいちばん安全で、早いものを選んだ。だというのに師匠の痕跡はどこにもない。もちろん師匠が違うルートを通ったことも考えられるけれど、ノストに入るにはライテンシュタールを通る必要がある。

ライテンシュタールには、ヴァシリアーチがいたという痕跡はなかった。

（まったく違うルートから幽々夜国を目指しているのでしょうか？　あるいは師匠は幽々夜国にはいなくて、別の場所に……いえ、でもあの師匠がわたしを呼ぶだけ呼んで、自分はそこにいないなんてことないと思うのですが……）

ニナが珍しく考え込んでいると、

「あの……さ、ニナ」

エミリが話しかけてきた。

「大丈夫？　無理してない？」

「……え？」

「あ、あたしからしたらニナは仲間だし、とっても大事な家族みたいでもあるけどさ、それだけじゃなくって、もちろんメイドとしてもすっごく優秀だからいっしょにいて欲しいし……えーっと、そう、必要な存在なのよ！」

「？」

急にエミリがなにを言い出したのかわからずにニナが目を瞬かせていると、

「ニナくんが黄昏れていたから、エミリくんは気を利かせたんだよ。ライテンシュタールで、ニナくんはメイドとしてのあり方のようなものに悩んでいたようだからさ」

「ちょっ、アストリッド！　なんでそこまで言っちゃうのよ!?」

「あ……」

ライテンシュタールでは「メイド」は必要とされず「その道のプロ」か「魔道具」があればいいという状況に何度も直面したニナ。

——メイドは、必要ないのでしょうか……？

というニナの言葉はエミリたちにとっても衝撃であり、その後、ファースを正座させてなにがあったのかを聞き出した。ニナがあれほどしょげているのを見たのはエミリには初めてのことで、その後にミリアドがニナにメイド仕事を与えたものだからどうなることかハラハラしていたのだ。

晩餐会は大成功に終わった。

でも、ニナの心は晴れたのだろうか？

「エミリさん、アストリッドさん……ティエンさんも」

ちらりと下を見るとティエンはニナの膝に頭を載せて眠っていて、ミリアドは自前の馬車に乗っているのでここにはいない。

「ありがとうございます。わたしはもう元気です」

聞いたエミリはアストリッドを見て、アストリッドは「当然でしょ」みたいな顔をしているのだ

が、それを信用できずにエミリが、

「……ほんとに？」

「はい！」

ニナはうなずいた。

「あの……わたし、思ったんです」

ニナは語った。王妃のために働いていたときのことを。

メイドとしての存在意義を見せつけるために働くのではなく、ほんとうに、心から、この人を輝かせたい、元気になって欲しいと思って働けた。そしてそれこそが、メイドではないか――。

「たとえば、ロイさんみたいに優秀なコックさんがいるところではメイドが料理をする必要がないですよね。だから、メイドが必要のない場所があるのは当たり前なんです。そんなの、ずっと前からわかっていたのに……わたしもまだまだですね」

えへへ、と苦笑するニナに、

「…………」

エミリが、

「あんたどれだけいい子なのよぉ～～！」

「わわっ!?」

思いっきり抱きついた。

「いいのよ、ニナのすごさがわかんないヤツらなんてほっといて！　あたしがこの先ずっと子々

孫々までニナのすごさを伝え続けるからね！」

「エ、エミリさん……!?」

「エミリくん、それはちょっと怖い」

「うぅ、エミリがうるさいのです……」

起き上がったティエンにエミリは剝がされてぽいっと馬車の後方に放られ、ティエンはまたニナの膝に頭を載せてすやぁと眠ってしまった。

「ティエンくんはいつもどおりで安心したよ」

「あははは……。あの、アストリッドさんから見てもわたしはそんなに気落ちしていたでしょうか？」

「ん？　そうだね、そういうふうには見えたけれど……私は心配してはいなかったよ」

「ウソつけ！　アストリッドがいちばんファースさんに圧を掛けてたでしょ！」

後方から戻ってきたエミリが言うと、すーっとアストリッドはそっぽを向いた。

「ほら！　正直に言いなさい！」

「ティエンくん、エミリくんが騒いでいるよ」

「……うるさいのです」

ぽいっ。

「にゃーっ！」

ぽいっ。

「私も!?」

エミリとアストリッドを放ったティエンはまたもニナの膝で眠るのだった。

「ふふっ、ふふふふ」

そんな様子を見てニナは鈴を転がしたように笑う。

ほんとうに——すばらしい旅の仲間だと思う。自分をメイドとしても、ニナとしても、ちゃんと見てくれている。

この4人の旅がずっと続くことをニナは願うのだった。

「あっ……道が変わりましたね」

車輪から伝わる揺れの種類が変わり、しっかりと舗装された道になったのを感じた。

開かれた窓からは、いつのまにか草原も、青い山嶺も見えなくなっており、森が広がっている。

すでに高地ではなく平地なのだ。

今日中には国境に着くだろう。そうすればノストに入れる。

(師匠、もう少しです)

ヴァシリアーチの待つ幽々夜国が近づいているのをニナは感じていた。

あとがき

18世紀、19世紀のパリを調べていると、皮革加工業者はビエーブル川でなめし革を洗っているのでその薬剤が深刻な悪臭と水質汚染を引き起こしていたり、遺体は土葬なので埋める場所がなくなってしまったり、パリの市外にある安居酒屋が繁盛していたり、劇場が火事で焼けたり、大規模な土木工事をしたりと、とにかくいろいろな出来事が起きています。その中に給水泉の移設工事の話もあったりして、今回のアストリッドのエピソードを思いつきました。

大都市であるからこそ起きる問題。一方で大都市だからこそ生命力あふれる様々な人生もすばらしい。この地球で起きたリアルもうまく混ぜながら「メイドさん」一行の物語を書いていけたらいいなぁ。

話は変わりますがこの数年キャンプ用品をそろえてキャンプをするようになりました。わざわざ不便を感じながら「外で食うカップラーメンは最高だな」とかうそぶいているのですが、ニナたちの旅もキャンプのような不便さの中で成立していたはずなので、ある種の取材だなとも思っています。いやまぁカップラーメンは出てこないけど。

四方を自然に囲まれていると、背景の書き割りのようだった自然には多くのディテールがあって、多くの物音があるなと気づかされます。

虫や鳥の鳴き声はもちろん、せせらぎの音はうるさいし、夜中に謎の「パキ……」と枝が折れる音とかするし、トイレに起きたのであろう他のキャンパーの足音がかなりはっきり聞こえたり。

不便はもちろんあるのですが、それでもキャンプに魅力を感じてしまうのは、便利な現代社会では得られない成分を摂取できるからかもしれません。不思議ですよね。鉄筋コンクリートでできた病院の中で生まれ、鉄の塊の車に乗り、便利なファーストフードを食べて暮らしているのに、自然の中にいると「そこでしか得られない成分が……」とか言い出すのですから。

あ、ここまで書いていてわかりました。

アレです。真冬にコタツに入りながらアイスを食べる感覚です。便利ツールを持ちながらあえてそれを使わないことで不便を楽しむという「贅沢」さを味わっているんです。……そう考えると性格悪いな？　と思わないでもないですが、その贅沢による特別感みたいなのはある気がします。

それでもキャンプはよいものです。

せせらぎを聞きながらお湯を沸かしてコーヒーを飲んだり、ちょっとした料理をつまみながら焚き火を見つめたりする時間は、現代社会にはあり得ないので。人間の動物的な本能に訴えかけるなにかがあることは間違いありません。

物語のインスピレーションを得ることもできるし、仕事のアイディアも浮かんでくる。周囲の環境を変えることは脳の活性化につながることは科学的にも証明されていますからね。

こういうところで「科学的に証明」とか言っちゃうところが現代人っぽいのですが。

みんなと仲良くピクニック！
KEN
ああ、このもふもふでむくむくな
幸せパラダイス空間、
もう最高かよ…！
心ゆくまで
もふもふの海を堪能！

EARTH STAR LUNA
異世界の荒野に転移していた元ＯＬの宮瀬《みやせ》木乃香《このか》は、
最上級魔法使いラディアルに拾われ魔法研究所に居候することになった。
なんとなく研究所で過ごすうちに召喚術に適性があると判明する。
〝大きい〟〝強い〟〝外見が怖い〟の三拍子そろった
使役魔獣が良しとされるなか、木乃香はペット感覚で
ちいさな使役魔獣を次々と召喚していく。
使役魔獣の能力だけではなく
木乃香自身の魔法力も規格外、
――という自覚もなく
色々とやらかしてしまい……!?
こんな異世界のすみっこで
ちっちゃな使役魔獣とすごす、ほのぼの魔法使いライフ
いちい千冬
Illustration 桶乃かもく
シリーズ好評発売中！
1巻特集ページはこちら！

尋常ではない召喚陣の輝き——

子鬼、子犬、小鳥、子猫、ハムスター。

ちっちゃいけど能力は桁違い!?

ほのぼのするけど、

いろんな意味で

規格外!?

転生した大聖女は、
聖女であることをひた隠す
戦国小町苦労譚
即死チートが最強すぎて、
異世界のやつらがまるで
相手にならないんですが。
領民0人スタートの
辺境領主様
ヘルモード
～やり込み好きのゲーマーは
廃設定の異世界で無双する～
二度転生した少年は
Sランク冒険者として平穏に過ごす
～前世が賢者で英雄だったボクは
来世では地味に生きる～
反逆のソウルイーター
～弱者は不要といわれて
剣聖（父）に追放されました～
俺は全てを【パリイ】する
～逆勘違いの世界最強は冒険者になりたい～
毎月15日刊行!!
最新情報は
こちら!

もふもふとむくむくと
異世界漂流生活
メイドなら当然です。
濡れ衣を着せられた
万能メイドさんは
旅に出ることにしました
転生して
ハイエルフになりましたが、
スローライフは
120年で飽きました
駄菓子屋ヤハギ
異世界に出店します
ドイツ軍召喚ッ!
~勇者達に全てを奪われた
ドラゴン召喚士、
元最強は復讐を誓う~
偽典・演義
~とある策士の三國志~
生まれた直後に捨てられたけど、
前世が大賢者だったので余裕で生きてます
ようこそ、異世界へ!!
EARTH STAR
NOVEL
アース・スター ノベル

EARTH STAR NOVEL

メイドなら当然です。IV
濡れ衣を着せられた万能メイドさんは旅に出ることにしました

発行 ―――――― 2023年10月18日　初版第1刷発行

著者 ―――――― 三上康明

イラストレーター ―――――― キンタ

装丁デザイン ―――――― 村田慧太朗（VOLARE inc.）

発行者 ―――――― 幕内和博

編集 ―――――― 今井辰実

発行所 ―――――― 株式会社アース・スター エンターテイメント
〒141-0021　東京都品川区上大崎3-1-1
目黒セントラルスクエア　7F
TEL：03-5561-7630
FAX：03-5561-7632

印刷・製本 ―――――― 図書印刷株式会社

ISBN 978-4-8030-1849-3

"This is a common maid skill."
The supermaid has got time to go on a journey by
being falsely accused.